Pointenreich, very british und urkomisch erzählt Isabel Bogdan von einem Wochenende, an dem alles anders kommt als geplant: Eine Gruppe Investmentbanker reist samt ambitionierter Psychologin und erfindungsreicher Köchin aus London an, um in der ländlichen Abgeschiedenheit bei einer Teambildungsmaßnahme die Zusammenarbeit zu verbessern. Doch das spartanische Ambiente und ein verrückt gewordener Pfau bringen sie dabei gehörig aus dem Konzept. Und nicht nur sie: Denn die pragmatische Problemlösung des Hausherrn Lord McIntosh setzt ein Geschehen in Gang, das sämtliche Beteiligte an die Grenzen ihrer nervlichen Belastbarkeit bringt.

»Isabel Bogdan hat einen Reigen von unvergesslichen Figuren geschaffen, die an John Cleese und sein wunderbares Hotel ›Fawlty Towers‹ erinnern. Und ihr gelingt eine Ironie durch stilistische Verknappung, die den Vergleich mit Autoren wie Alan Bennett nicht zu scheuen braucht.« *Jury des Hamburger Förderpreises*

Isabel Bogdan, 1968 in Köln geboren, studierte Anglistik und Japanologie in Heidelberg und Tokio und lebt heute in Hamburg. Sie übersetzt unter anderem Jane Gardam, Nick Hornby und Jonathan Safran Foer. 2011 erschien ihr Buch *Sachen machen*, außerdem veröffentlichte sie Kurzgeschichten in Anthologien. 2006 erhielt sie den Hamburger Förderpreis für literarische Übersetzung, 2011 den Hamburger Förderpreis für Literatur für das erste Kapitel ihres Romans *Der Pfau*.
www.isabelbogdan.de

insel taschenbuch 4597
Isabel Bogdan
Der Pfau

ISABEL BOGDAN

DER PFAU

Roman

Insel Verlag

10. Auflage 2020

Erste Auflage 2017
insel taschenbuch 4597
Insel Verlag Berlin 2017
© 2016, Verlag Kiepenheuer & Witsch, Köln
Lizenzausgabe mit freundlicher Genehmigung
Alle Rechte vorbehalten, insbesondere das
des öffentlichen Vortrags sowie der Übertragung
durch Rundfunk und Fernsehen, auch einzelner Teile.
Kein Teil des Werkes darf in irgendeiner Form
(durch Fotografie, Mikrofilm oder andere Verfahren)
ohne schriftliche Genehmigung des Verlages reproduziert
oder unter Verwendung elektronischer Systeme
verarbeitet, vervielfältigt oder verbreitet werden.
Vertrieb durch den Suhrkamp Taschenbuch Verlag
Umschlagabbildung: ontran ontran – Fotolia.com
Umschlaggestaltung: Barbara Thoben, Köln
Satz: abavo GmbH, Buchloe
Druck: CPI – Ebner & Spiegel, Ulm
Printed in Germany
ISBN 978-3-458-36297-5

For Jeannie and Hector Maclean

Einer der Pfauen war verrückt geworden. Vielleicht sah er auch nur schlecht, jedenfalls hielt er mit einem Mal alles, was blau war und glänzte, für Konkurrenz auf dem Heiratsmarkt.

Nun gab es oben in dem kleinen Tal am Fuße der Highlands glücklicherweise kaum Dinge, die blau waren und glänzten. Es gab Wiesen und Weiden und Bäume und überhaupt viel Grün, und es gab die Heide. Und jede Menge Schafe. Das einzige blau Glänzende, was sich gelegentlich hierher verirrte, waren die Autos von Feriengästen. Lord und Lady McIntosh hatten die ehemaligen Wirtschaftsgebäude, Scheunen und alles, was sonst zu ihrem Anwesen gehörte und sich dafür eignete, zu Feriencottages umbauen lassen, damit der alte Kasten das Geld, das er verschlang, wenigstens halbwegs wieder hereinholte. Die ältesten Teile des Herrenhauses stammten vermutlich noch aus dem siebzehnten Jahrhundert, in den folgenden Jahrhunderten hatte es verschiedene Anbauten und Erweiterungen gegeben. Für laufende Modernisierungen war nicht immer genügend Geld da gewesen, und so war es bis heute. Das Haus kostete Geld. Mal platzte der Außenputz ab und musste erneuert werden, dann barst ein Wasserrohr, dann musste das Dach neu gedeckt werden. Die Elektrik reparierte die Lady meist selbst, weil heute kaum noch ein Elektriker mit 110 Volt umgehen konnte und sich mit den alten Sicherungen auskannte. Die Heizkosten trieben den McIntoshs regelmäßig den Schweiß auf die Stirn, was man von den Temperaturen im Haus nicht behaupten konnte. Der Boden im Erdgeschoss bestand aus Steinplatten, dort wurde es nicht mal in besonders heißen Sommern warm, und heiße Sommer waren selten. Im Winter war es umso kälter. Es gab eine Zentralheizung, die den Namen nicht verdiente, und so war es in den meisten Räumen eben kalt. Nur in der Küche war es immer angenehm, weil dort stets ein Feuer im großen Aga brannte. Der Lord und die Lady saßen fast das ganze Jahr über abends vor dem Kamin in der Bibliothek, wo sie lasen, arbeiteten oder DVDs schauten. Im Winter trugen sie nachts im Bett manchmal Wollmützen. Es machte ihnen nichts aus, sie waren es gewohnt. Wenn sie durchgefroren waren, gingen sie in die Badewanne oder den Hot Tub draußen auf der großen Rasenfläche.

Der Lord witzelte manchmal, er könne auch gleich versuchen, das Haus mit Geldscheinen zu isolieren. Der Lord war Altphilologe und verstand nicht viel vom Hausbau. Die Lady war Ingenieurin und verstand etwas mehr davon, auch wenn sie in einem Windkraft-unternehmen arbeitete. Beide beherrschten die Grund-rechenarten. Sie waren nicht arm, zum Leben reichte es gut, aber nicht für eine Grundsanierung des alten An-wesens.

Die Cottages waren nur geringfügig moderner aus-gestattet, sie waren etwas besser isoliert, hatten Teppich-boden und niedrige Räume, sodass sie deutlich besser beheizbar waren. Und natürlich gab es Heizdecken in sämtlichen Betten. Es war ganz gemütlich im ehemali-gen Pförtnerhaus an der Einfahrt, etwa anderthalb Mei-len vom Herrenhaus entfernt, im Gärtnerhaus auf der anderen Seite des Flüsschens, im Waschhaus eine halbe Meile weiter talaufwärts, im ehemaligen Pferdestall hin-ter dem Wäldchen und in den anderen Cottages, die wei-ter weg im Tal verstreut lagen, an Schotterpisten oder am Ende unbefestigter Wege. Seine nächsten Nachbarn besuchte man hier mit dem Auto, und falls man auf dem Heimweg betrunken war, war es nicht so schlimm, denn es war weder mit Verkehr noch mit Kontrollen zu rech-nen. Falls man im Graben landete, gab es genügend Trak-toren, die einen wieder herausziehen konnten. Es gab das sogenannte Village, das aus einer Handvoll Häuser, einer winzigen Kirche und einer Telefonzelle bestand, die seit Jahren niemand mehr benutzt hatte.

Die Vermietung der Cottages lief ganz gut, die Leute liebten die Ruhe und die Natur. Mal von allem weg-kommen, kein Handyempfang, kein Fernsehempfang, nur das Rauschen des Bachs. Sie kamen vor allem im Sommer, oft Paare mittleren Alters, die zu Hause viel arbeiteten und hier hauptsächlich spazieren gingen, oder Familien mit Kindern. Das Leben verlief hier langsamer als in den Städten, der nächste größere Ort war zwölf Meilen entfernt.

In einem Anfall von Übermut hatte Lord McIntosh eines Tages fünf Pfauen erworben, drei Weibchen und zwei Männchen; er stellte es sich hübsch vor, wenn die Männchen auf der riesigen Rasenfläche vor dem Wohnhaus umherstolzierten und Räder schlugen. Die weniger hübschen Weibchen sollten sich dezent im Hintergrund halten und den Männchen unauffällig überhaupt erst einen Grund liefern, miteinander zu wetteifern und Räder zu schlagen. So hatte Lord McIntosh sich das vorgestellt. Lord McIntosh mochte Tiere im Allgemeinen sehr gern, verstand aber nicht sonderlich viel von ihnen. Er hatte nicht damit gerechnet, dass die Pfauen ihren Bewegungsradius ausweiten und meist gar nicht zu sehen sein würden. Er hatte auch nicht damit gerechnet, dass man sie umso besser hörte, ihre Schreie hallten weit durchs Tal, es klang ein bisschen nach Urwald. Aber daran gewöhnten die McIntoshs sich, die Pfauen waren weitgehend sich selbst überlassen und gingen ihrer Wege. Und Räder schlugen sie auch nur zur Balzzeit im Frühjahr, danach warfen sie die langen Schwanzfedern ab. Sie wuchsen erst im nächsten Frühjahr wieder, was Lady McIntosh jedes

Jahr aufs Neue beeindruckte. Die Natur war doch voller Wunder. Einmal im Jahr brüteten die Pfauen irgendwo im Wald und bekamen Junge, von denen die meisten nicht überlebten. Pro Jahr schafften es vielleicht ein oder zwei, inzwischen waren es mindestens vier Männchen und sechs Weibchen, aber so genau wusste das niemand. Nur gelegentlich fütterte der Lord die Tiere, vor allem im Winter, wenn sie nicht viel zu fressen fanden. Manchmal erfror eins irgendwo im Wald, und die McIntoshs wussten nicht recht, warum, denn eigentlich versammelten die Pfauen sich im Winter im Schuppen hinter dem Haus, wo sie gefüttert wurden und es deutlich wärmer hatten. Die Pfauen arrangierten sich mit den beiden Hunden Albert und Victoria, oder umgekehrt: Albert verstand irgendwann, dass die Pfauen sich erstens zur Wehr setzten und zweitens ohnehin nicht als Spielzeug freigegeben waren, und Victoria war zu klein und zu alt, um überhaupt noch auf solche Ideen zu kommen. Auch mit der grantigen alten Gans einigten sie sich irgendwann auf ein paar soziale Gepflogenheiten und Umgangsformen sowie die Verteilung der Futternäpfe, und nach einer Weile kamen alle Tiere miteinander aus und ließen sich im Wesentlichen in Ruhe. Man lebte friedlich nebeneinanderher, und die Feriengäste waren so oder so entzückt.

Bis einer der Pfauen verrückt wurde. Oder schlecht sah. Hinterher ließ sich natürlich nicht mehr feststellen, was es war und wann es angefangen hatte. Als Mr und Mrs Bakshi Ende August ankamen, konnte jedenfalls noch niemand etwas ahnen. Die Bakshis hatten für drei Wochen eines der Cottages gemietet, sie bezogen das ehemalige Waschhaus und fanden es zauberhaft und hinreißend und sagten ziemlich oft, wie gut sie es doch hätten und wie reizend das doch alles sei und was für ein Glück, dass sie hier gelandet seien. In Wahrheit war auch das Cottage nicht gerade luxuriös. Es gab keine Dusche, nur eine unisolierte Badewanne, in der das Wasser immer gleich wieder abkühlte. In der Küche war der Fußboden so schief, dass die Bakshis sich in den ersten Tagen fühlten wie auf einem Schiff, denn der Boden war beim Gehen immer haarscharf nicht dort, wo man ihn erwartete. Aber es dauerte nicht lange, da hatten sie sich daran gewöhnt, dass das Wasser in der Spüle nicht komplett ablief, weil der Abfluss nicht an der tiefsten Stelle lag; auch damit, dass das Öl in der Pfanne sich immer auf einer Seite sammelte, konnte Mrs Bakshi umgehen, sie fand auch das charmant und zauberhaft. Irgendwann fanden sie es sogar praktisch, dass jede Weintraube, die ihnen hinunterfiel, in dieselbe Ecke kullerte.

Mr Bakshi spritzte einmal am Tag mit dem Gartenschlauch die Bodenplatten vor dem Cottage ab, um den Gänsedreck wegzuspülen. Die Gans hielt sich aus unerklärlichen Gründen am liebsten direkt vor ihrer Tür auf, und Mr Bakshi war täglich aufs Neue beeindruckt, wie viel Dreck eine einzige Gans produzieren konnte. Lady Fiona McIntosh war es ein bisschen unangenehm, dass die Gans sich ausgerechnet den Platz vor der Tür des Waschhauses als neuen Lieblingsplatz ausgesucht hatte, aber die Bakshis versicherten ihr, dass es ihnen überhaupt nichts ausmache. Eigentlich, sagte die Lady, sei so eine Gans auch nicht fürs Alleinsein gemacht, das sei nicht gut für sie, aber sie wollten nicht bis in alle Ewigkeit immer neue Gänse anschaffen müssen, nur damit nicht eine allein sei. Vielleicht suchte sie also nur ein bisschen Gesellschaft.

Die Bakshis verbrachten die drei Wochen hauptsächlich mit Nichtstun. Sie gingen viel spazieren, die Einfahrt hinunter, am Pförtnerhäuschen vorbei durchs Village, an einer Weide entlang, auf der überraschenderweise zwei Alpakas standen, über die kleine Fußgängerbrücke über den Fluss, auf der anderen Flussseite wieder zurück bis zur übernächsten Brücke und von dort aus zurück zum Haus. Oder sie gingen hinter dem Haus links hoch, an der verfallenen Kapelle vorbei, die etwas versteckt abseits des Weges unter dichten Bäumen lag, über eine Kuhweide und im großen Bogen bis zur Einfahrt und von dort aus zurück. Unterwegs pflückten sie Brombeeren oder blieben stehen, um die Aussicht auf die hügelige Landschaft und die weiter im Norden liegenden Highlands zu genießen. Sie öffneten Gatter und traten in Kuhfladen, kletterten über Zäune und traten in Schafköttel, sie spülten ihre Schuhe im

Bach ab, der durch das Tal rauschte, und wuschen sich darin die Hände. Sie staunten über die schiere Menge von Kaninchen, beobachteten Vögel und einmal sogar einen kapitalen Hirsch. An einem besonders warmen Tag zeigte Lady McIntosh ihnen eine versteckte Stelle unter den Bäumen hinter einer Kuhweide, wo der Bach breiter war und einen natürlichen Pool bildete, in dem sie schwimmen konnten. Es war kalt, aber herrlich, man konnte entspannt gegen den Strom schwimmen und blieb dadurch an Ort und Stelle. Die Bakshis lachten vor Vergnügen, trockneten sich hinterher schnell ab und zogen sich an.

Ansonsten lasen sie und sahen der Gans und den Pfauen beim Stolzieren über die große Rasenfläche zu. Mr Bakshi schlich hartnäckig hinter den Pfauen her und versuchte, sie zu fotografieren, was sich als verblüffend schwierig erwies, und Mrs Bakshi häkelte eine Decke für ihr erstes Enkelkind, das bald kommen sollte.

Sie waren von allem so begeistert, dass sie die McIntoshs an ihrem letzten Abend zum Abschied zu sich ins Waschhaus einluden, wo Mrs Bakshi dem Lord und der Lady ein spektakuläres Geflügelcurry auftischte. Eigentlich gehörte es sich nicht, zahlende Gäste in ihrem Cottage zu besuchen, aber seit dem Tod des alten Lords vor einigen Jahren waren Hamish und Fiona McIntosh da nicht mehr so.

Als Erstes wollte Lord McIntosh an diesem Abend jedoch die Formalitäten erledigen. Das schottische Fremdenverkehrsamt führte eine statistische Erhebung durch, alle Feriengäste sollten einen Fragebogen ausfüllen: wie lange sie in der Gegend blieben, wie oft sie schon dort gewesen waren, wie alt sie waren, in welcher Art Unterkunft sie übernachteten und so weiter. Ein endloser Fragebogen, den Lady Fiona, wie der Lord den Bakshis erzählte, manchmal selbst ausfüllte, statt die Gäste damit zu behelligen. Notfalls denke sie sich halt etwas aus. Der Lord selbst halte von diesem Vorgehen eigentlich nichts, aber seine Frau sei da manchmal kaum zu bremsen und sehr kreativ.

Na, dann geben Sie mal her, sagte Mr Bakshi und nahm ihm den Fragebogen ab. Mrs Bakshi sagte, die Leute würden das sowieso nicht wahrheitsgetreuer ausfüllen, als die Lady es tat, er solle sich da mal keine Gedanken machen. Sie selbst würde in solchen Fällen grundsätzlich das ankreuzen, was sie am lustigsten fand, oder irgendeinen Quatsch reinschreiben. Lady Fiona McIntosh fand das vernünftig. Die Damen verstanden sich.

Mr Bakshi las die Fragen vor und fragte seine Frau, warum sie denn hier gewesen seien, was sie hier gemacht hätten. Sie fragte, was denn zur Auswahl stehe; hier, sagte sie, *wildlife watching*, das klinge doch super, dafür seien sie hier. Neulich abends hätten sie tatsächlich eine Eule gesehen. Ja, sagte der Lord, die sehe man hier öfter. Und dann hier, sagte Mrs Bakshi, *action and adventure*, auch toll, das solle er auch ankreuzen. Tatsächlich, erzählte Mr Bakshi den McIntoshs, hätten sie morgens beides gehabt, reichlich *action and adventure* mit dem *wildlife*, und zwar direkt hier in ihrem Cottage.

An diesem Morgen, erzählten sie, seien sie nämlich sehr früh von einem eigenartigen Geräusch geweckt worden. Mrs Bakshi habe gedacht, es müsse sich um Vögel handeln, die draußen auf der Fensterbank herumtobten und vielleicht, nun ja, kleine Vogelkinder machten und dabei mit den Flügeln gegen die Scheibe schlugen. Sie war aufgestanden, hatte vorsichtig den Vorhang zur Seite geschoben, und tatsächlich sei dort eine Meise gewesen, allerdings nicht draußen, sondern drinnen. Sie sei gegen die Scheibe geflattert, weil sie hinauswollte. Die Bakshis fragten sich, wie die Meise wohl hereingekommen war, über Nacht waren alle Fenster geschlossen gewesen. Weniger aus Angst vor Vögeln als vor Mücken. Der Lord sagte, manchmal würden tatsächlich Vögel durch den Kamin hereinfallen und eine ziemliche Sauerei veranstalten mit dem ganzen Ruß, den sie mitbrächten. Die Meise, sagten die Bakshis, habe allerdings ganz sauber ausgesehen, na ja, jedenfalls sei sie also drin gewesen, in ihrem Schlafzimmer. Mrs Bakshi hatte das Fenster hochgeschoben, und die Meise hatte schnell verstanden, war auf die Fensterbank geflattert und dann hinaus in den Wald. Mrs Bakshi war wieder ins Bett gegangen und hatte das Fenster offen gelassen, damit ein bisschen frische Luft hereinkam.

Keine besonders aufregende Geschichte, aber eine Stunde später seien sie von demselben Geräusch wieder aufgewacht. Blödes Vieh, hatte Mr Bakshi in sein Kissen geknurrt, hier einfach wieder reinzukommen. Diesmal sei es aber eine Schwalbe gewesen, und sie sei tragischerweise zwischen den beiden Scheiben des hochgeschobenen Fensters eingeklemmt gewesen, sie hätten ziemliche Mühe gehabt, sie da wieder herauszumanövrieren, das Tier sei in Panik geraten und habe sich, wenn sie das Fenster bewegten, nur noch weiter den Flügel eingeklemmt. Mit einem Kochlöffelstiel hätten sie den völlig verstörten Vogel schließlich irgendwie zwischen den Scheiben hochgeschoben, Mr Bakshi habe ihn endlich zu packen bekommen, ihn aufs Fensterbrett gesetzt, und er sei davongeflogen, hinaus an die Luft, er sei zum Glück nicht verletzt gewesen. Es sei doch wirklich eigenartig, dass sich an ein und demselben Morgen gleich zwei Vögel so seltsam verhielten, das täten sie doch sonst nicht, einfach in menschliche Behausungen zu fliegen.

Der Lord erzählte, etwas weiter oben in den Bergen lebe seit einer Weile ein Adlerpaar, und gelegentlich seien die Adler von hier aus zu sehen, meist weit weg, hoch am Himmel. Es könne aber auch schon mal sein, dass sie näher kämen, dann würden die Vögel hier im

Tal immer ganz verrückt. Vielleicht sei das ja heute Morgen der Fall gewesen, denn dass erst eine Meise auf mysteriöse Weise ins Haus gelangt und sich dann eine Schwalbe zwischen den Scheiben verklemmt, so sonderbar verhielten sich die Vögel normalerweise nicht.

So plätscherte das Gespräch dahin, man unterhielt sich bei Mrs Bakshis köstlichem Geflügelcurry über Vögel. Mr und Mrs Bakshi fanden alles unglaublich interessant und herrlich, so nah an der Natur zu sein, und Hamish und Fiona freuten sich über ihre glücklichen Feriengäste.

Am Ende dieses Abends spielte der Pfau zum ersten Mal verrückt. Mr und Mrs Bakshi begleiteten die McIntoshs zur Tür, öffneten sie, und das Licht aus dem Cottage fiel auf den Wagen der Bakshis. Er war metallicblau lackiert, glänzte im Lichtschein und war, vorsichtig ausgedrückt, nicht gerade ein Luxusgefährt. Man stand noch ein bisschen vor der Tür und tauschte Höflichkeiten aus, als sich plötzlich und wie aus heiterem Himmel einer der Pfauen auf den Wagen stürzte und ihn mit lautem Geschrei und Flügelschlagen attackierte, mit dem Schnabel auf der Motorhaube herumhackte, dass es nur so schepperte, und die McIntoshs ebenso verblüffte und erschreckte wie die Bakshis. Mit einem rasenden Pfau möchte man sich nicht anlegen, und dieser hier war ganz offensichtlich ziemlich wütend. Die Damen flohen ins Cottage, die Herren ließen sich eine Decke herausreichen, wedelten damit vor dem Pfau herum und brüllten ihn an. Das beeindruckte ihn offenbar genügend, und er flatterte davon.

Auf den Schreck tranken die Bakshis und die McIntoshs erst mal einen Whisky. Und dann noch einen. Und dann keinen mehr, denn die Lady war eine Lady. Bevor die McIntoshs gingen, schalteten sie das Licht im Cottage aus, damit der blaue Wagen nicht noch einmal angeleuchtet und der rasende Pfau nicht noch einmal angelockt wurde.

Der Schaden am Auto war, wie sich am nächsten Morgen zeigte, beträchtlich. Der Pfau hatte in der kurzen Zeit ordentlich was angerichtet, die Motorhaube hatte Dellen, an einigen Stellen war der Lack abgeplatzt. Mr Bakshi sagte, das sei nicht so schlimm, seine Werkstatt würde das schon wieder hinkriegen beziehungsweise finde seine Frau ja ohnehin schon seit Jahren, er solle sich endlich einen neuen Wagen kaufen. Aber nun ja, sagte Mr Bakshi, er hänge halt irgendwie an dem alten Ding.

Na also, sagte der Lord, und genau deswegen werde er das schön über seine Versicherung laufen lassen, er wolle selbstverständlich für den Schaden aufkommen, und im Übrigen seien die Bakshis eingeladen, im nächsten Jahr zwei Wochen kostenlos im ehemaligen Waschhaus zu wohnen, wenn sie sich denn nach dieser Attacke noch hierhertrauten. Bis dahin würde der Pfau sich bestimmt wieder beruhigt haben. Wer weiß, vielleicht sei er ja ebenfalls noch vom Besuch des Adlers verstört gewesen? Wieso er deswegen allerdings ein Auto angreifen sollte, sei dem Lord nicht klar, aber wer wisse schon, zu was für Übersprungshandlungen so ein Pfau in der Lage sei.

Und so verabschiedeten die beiden Paare sich unter allerlei Beteuerungen, dass es halb so wild sei und die Versicherung das schon regeln würde und man sich sicher einig werde und Mr Bakshi auf jeden Fall die Rechnung schicken solle und man sich freuen würde, sich im nächsten Jahr wiederzusehen.

Das alles geschah Mitte September. Im Oktober zerfetzte der Pfau eine blaue Mülltüte und verteilte ihren Inhalt großräumig über den Rasen, er nahm einem Gastkind ein blaues Spielzeug weg und verschleppte es in den Wald, wo man es nicht mehr wiederfand, sodass Hamish das verstörte Kind mit einem etwas größeren Geschenk in Rot wieder versöhnen musste, und er zerdepperte unter beträchtlichem Getöse die Dekokugel aus blauer Keramik, die Fiona neben den Teich gelegt hatte, und hackte sie in tausend Scherben.

Anfang November starb die kleine, alte Hundedame Victoria und wurde im Wald beerdigt. Albert und die McIntoshs trauerten und hatten anderes im Kopf, als sich um den verrückten Pfau zu kümmern. Die Regentonne aus blauem Plastik hatte eines Tages Löcher und Risse und lief aus, und ein Freund der McIntoshs konnte seinen Wagen gerade noch rechtzeitig in die Garage stellen. Ryszard rettete den blauen Plastikschutz über den Federn des Trampolins, das in einer Ecke der großen Rasenfläche stand, indem er eine grüne Folie draufklebte. Ryszard, ein junger Pole, war für alles zuständig, was draußen im Freien passierte. Zum Anwesen gehörten unzählige Morgen Land, beinahe das halbe Tal, und dieses Land musste versorgt werden. Ryszard kümmerte sich um die Heide, um den Wald und die Weiden, er flickte Zäune, wartete die Elektroleitungen zu den Cottages, hob mit dem Bagger Gräben aus, räumte mit schwerem Gerät umgestürzte Bäume weg und verarbeitete sie zu Kaminholz. Außerdem pflegte er die große Rasenfläche vor dem Haus und kümmerte sich um alles Handwerkliche, was die Lady nicht selbst erledigen konnte. Für Lord und Lady McIntosh war Ryszard eine große Hilfe und geradezu eine Erleichterung nach einigen unschönen Erfahrungen mit seinen Vorgängern. Ryszard sah selbst, was zu tun war, er arbeitete gern und hart, und er sprach wenig, denn sein Englisch war auch nach einigen Jahren in Schottland immer noch nicht besonders gut. Er war zurückhaltend, aber von gleichbleibender Freundlichkeit und Verlässlichkeit.

Es war inzwischen eindeutig, dass es nicht der Adler, sondern die Farbe Blau war, die den Pfau so erzürnte.

Der Pfau war noch jung, offenbar setzte die Geschlechtsreife ein; er hatte erst kürzlich sein blaues Federkleid bekommen, seine Schleppe war noch nicht sonderlich lang, und die McIntoshs nahmen an, dass es sich um eine pubertäre Hormonverwirrung handelte. Das einzige Blaue, was der Pfau nicht angriff, waren die anderen Pfauen. Sie waren auch die Einzigen, die sich wehrten. Die Balzzeit war vorbei, aber da war der Pfau noch nicht auffällig geworden. Niemand wusste, ob er erfolgreich gebalzt hatte, irgendetwas musste bei ihm schiefgelaufen sein. Die McIntoshs beschlossen abzuwarten, ob das Problem sich über den Winter von allein erledigen würde, und bei Gelegenheit den Tierarzt um Rat zu fragen. Im Moment hatten sie ohnehin keine Zeit, sich darum zu kümmern, denn es hatte sich hoher Besuch angekündigt.

Das Management der Investmentabteilung einer Londoner Privatbank hatte für ein verlängertes Wochenende Ende November den Westflügel des Herrenhauses gemietet. Die Leiterin der Abteilung reiste mit vier Kollegen, einer Köchin und einer Psychologin an, zu einer, wie es hieß, *kreativen Auszeit und Teambuildingmaßnahme*. Kreativ, lästerte Hamish McIntosh, wozu Banker denn bitte schön kreativ sein müssten, vielleicht zum Bilanzenfälschen? Die McIntoshs ahnten schon nach den ersten Telefonaten mit der zuständigen Sekretärin (die gar nicht mitreisen würde), dass die Chefin der Investmentabteilung etwas schwierig sein könnte. Aber sie brachte Geld. Und so waren sie damit beschäftigt, den Westflügel herzurichten, denn der war zwar vor hundert Jahren mal recht luxuriös gewesen, aber das war eben hundert Jahre her. Und mit Köchin war hier schon ungefähr ebenso lange niemand mehr angereist.

A ileen machte Überstunden. Aileen war die Haushaltshilfe und Putzfrau für das Herrenhaus und
die Cottages, sie machte die Wäsche der Familie und der
Ferienhäuser, stellte Tee und Kekse bereit, wenn neue
Gäste kamen, und hatte ziemlich genaue Vorstellungen
davon, was nötig war, was gemacht werden musste und
was vollkommen überflüssig war. Aileen hielt, kurz gesagt, den Laden am Laufen. Sie würde eines Tages eine
hervorragende Hausfrau werden, aber nach ein paar
kürzeren Katastrophenbeziehungen war sie erst mal
froh, allein zu sein. Zum Kinderkriegen hatte sie noch
genügend Zeit, sie machte sich keine Sorgen darum,
den richtigen Mann für die Gründung einer eigenen
Familie noch zu finden. Es reichte ja, wenn er friedlich
war, nicht zu viel trank und Arbeit hatte, ihre Ansprüche waren nicht allzu hoch. Sie selbst würde natürlich
ebenfalls weiter arbeiten, es machte ihr Spaß, Herrin
über mehrere Cottages samt Ausstattung zu sein.

Aileen teilte Hamish mit, ein neuer Durchlauferhitzer für das Bad im Westflügel sei unerlässlich, die lau-

warme alte Tröpfeldusche könne man Feriengästen wirklich nicht mehr zumuten, schon gar nicht so wichtigen. Hamish tat im Allgemeinen, was Aileen ihm sagte, denn Aileen war eindeutig praktischer veranlagt als er, und so ließ er einen neuen Durchlauferhitzer installieren. Einen, der in unbegrenzten Mengen richtig heißes Wasser produzierte. Am Wasserdruck ließ sich leider nicht viel ändern, mehr Druck kam nun mal nicht aus den alten Leitungen. Aber eine heiße Tröpfeldusche war immerhin besser als eine lauwarme.

Im Westflügel hatte sich im Laufe der Zeit einiges an Gerümpel angesammelt – der Flügel war recht groß und wurde nur selten vermietet, und so hatten die McIntoshs dort alles Mögliche untergestellt, von dem sie nicht gleich entscheiden konnten, wohin es sollte. Kisten mit Büchern und den ausrangierten Spielsachen der inzwischen erwachsenen Kinder, ein paar ausgediente Möbel, die entweder zu schade zum Wegwerfen oder nur noch nicht entsorgt worden waren, Geschirr, Blumentöpfe, Weihnachtsdeko, abgetretene Teppiche, Geweihe, Gemälde und was sich sonst so in alten Häusern findet, die von Generation zu Generation weitervererbt werden und aus denen nie jemand auszieht. Aileen sortierte ein bisschen was durch, brachte das ein oder andere kaputte Kleinmöbel zum Müll und stellte alles andere vorerst in die Garage. Dort stand es immerhin trocken und war nicht im Weg, und das Tor konnte man einfach zumachen. Was das eigentliche Problem natürlich nicht löste, sondern nur räumlich verlagerte. Einige der alten Sachen sollten zum Charity Shop gebracht werden, und Aileen wusste genau, dass jedes erneute Sortieren und Umräumen den Lord dazu bringen würde, sich von weiteren Dingen zu trennen. Insofern war die Aktion immerhin ein Schritt in die richtige Richtung. Und vor allem war der Westflügel wieder vermietbar.

Aileen nahm die langen dunkelroten Samtvorhänge ab und fuhr sie in die Reinigung, weil sie in keine Waschmaschine passten. Sie schäumte die Teppichböden im gesamten Westflügel ein, putzte die Fenster und kontrollierte alle Kommodenschubladen und Schrankfächer, ob kein Gast dort etwas vergessen hatte oder womöglich ein Falter darin gestorben war. Sie putzte sogar die Glasscheiben der Bilderrahmen mit den alten Stichen. Teilweise hatten sich zwischen Bild und Glasscheibe Kolonien winziger Insekten angesiedelt, ganz besonders schlimm war es in dem Stich *The weighing of the birds*. Sie nahm ihn ab und brachte ihn in ihren Hauswirtschaftsraum, um ihn später in Ruhe zu reinigen. Es hatte doch auch sein Gutes, dachte sie, dass diese wichtigen Leute kamen, da machte sie endlich mal so gründlich sauber, wie sie es schon längst hatte tun wollen. Eigentlich hätte sie alle Bilder abhängen, aus den Rahmen nehmen und von Insekten befreien sollen, aber so viel Zeit hatte sie nicht. Wenigstens das am schlimmsten befallene Bild sollte in Ordnung sein, zumal es an prominenter Stelle direkt neben dem Eingang hing. Was waren das überhaupt für Tiere, die da in den Bilderrahmen wohnten, fragte sie sich, wovon lebten sie? Von so verschwindend kleinen Papierstückchen, dass man es dem Papier nicht mal ansah? Von Staub? Es waren nur winzige Flecken zu sehen, die vermutlich von den Ausscheidungen der Tiere kamen. Und woher kamen die Viecher überhaupt, wie kamen sie in die Bilderrahmen? Aileen entfernte die winzigen Tierchen mit einem Pinsel. Auf dem Stich war eine Jagdgesellschaft zu sehen, die auf einer großen Waage die erjagten Fasane und Moorhühner wog.

Zwei Tage bevor die Banker kommen sollten, hing das Bild wieder an seinem Platz. Die Glasscheibe war deutlich sauberer als die der anderen Bilder, sodass deren Verschmutztheit nun umso mehr auffiel, aber Aileen konnte jetzt nicht noch alle anderen Bilder aus den Rahmen nehmen und die Scheiben von innen putzen. Einfach sämtliche Bilder abzunehmen, kam ebenfalls nicht infrage, weil auf den Tapeten dahinter große, helle Flecken waren.

Aileen bezog die Betten frisch, legte ausreichend Handtücher bereit, und als sie ganz zum Schluss noch versuchte, den Staub aus einem alten Trockenblumenstrauß zu pusten und zu schütteln, zerfiel der komplett. Die trockenen Blütenblätter rieselten auf den Boden, und Aileen musste Henry noch einmal holen. Henry war der Staubsauger, ein kleines rotes, rundes Gerät mit aufgemaltem lachendem Gesicht. Den Schlauch steckte man Henry als Nase an, wie einen Rüssel. In sämtlichen Cottages befanden sich ebenfalls Henrys, Aileen freute sich immer wieder neu an dem freundlichen Staubsauger. Überhaupt war sie eine Frohnatur und meistens gut gelaunt. An diesem Tag war sie besonders gut aufgelegt, sie hatte sich ein Radio mit in den Westflügel genommen, sang lautstark mit und legte mit Henry zu *Dancing Queen* eine flotte Sohle auf den Teppichboden. *You can dance, you can jive, having the time of your …*, und dann bekam sie einen fürchterlichen Schreck, weil plötzlich die Lady mit verschränkten Armen in der Tür stand und ihr amüsiert zusah. Aileen schaltete Henry und das Radio aus und stammelte, jetzt sei sie aber erschrocken und wie lange die Lady denn schon dort stehe. Die Lady grinste, machte *Och* und sagte, der Fahrer von der Wäscherei sei da gewesen und habe die Vorhänge gebracht, ob sie ihr wohl eben tragen helfen könne.

Die beiden Frauen schleppten meterweise dicken Samt in den Westflügel und hängten die Vorhänge auf. Aileen stand oben auf der Trittleiter, die Lady reichte ihr die schweren Vorhänge an, beide waren erfreut und ein bisschen beschämt, wie prächtig sie jetzt wieder aussahen und wie nötig es offenbar gewesen war.

Vor dem Haus hupte der Postbote. Die Lady ging hin, und Aileen schaltete das Radio wieder an. Es konnte dauern, bis die Lady wiederkam, aber allein konnte sie den nächsten Vorhang nicht aufhängen, dafür war er zu schwer. Sie inspizierte noch einmal schnell das Bad, ob dort noch etwas zu tun wäre, und probierte die neue Dusche aus. Dabei sang sie etwas weniger lautstark mit, denn sie fürchtete, die Lady womöglich wieder zu überhören. Das Wasser war jetzt zwar schön warm, tröpfelte aber ebenso kraftlos aus dem Duschkopf wie eh und je. Nun ja, beschloss sie, das sollte nicht ihr Problem sein. Wenn die Banker damit nicht zurechtkamen, hatten sie Pech gehabt. Vielleicht tat etwas weniger Luxus ihnen ja sogar mal ganz gut. Aileen hatte keine besonders hohe Meinung von Bankern.

Als Nächstes wären die Vorhänge im Wohnzimmer dran, Aileen brachte schon mal die Trittleiter dorthin, da lief im Radio *Come On Eileen*. Ihr Lied! Aileen sang jetzt doch wieder aus vollem Halse mit, nahm diesmal die Leiter als Tanzpartner und wirbelte mit ihr ins Wohnzimmer, wo ihr letzter Tanzpartner, Henry, dummerweise eine Fußangel ausgelegt hatte. Vielleicht war er eifersüchtig. Ein Bein der Trittleiter verfing sich im Staubsaugerschlauch, Aileen stolperte und fiel mitsamt der Trittleiter über Henry. Sie hörte es in ihrem rechten Arm krachen, der Schmerz war überwältigend. Ganz benommen blieb sie liegen, bis die Lady wiederkam, sie aus dem Gewirr des grinsenden Henry, seinem Kabel, dem Schlauch und der Trittleiter befreite, das – wie Aileen es ausdrückte – *gottverdammte Scheißradio* ausmachte und den Krankenwagen rief. Man brauchte kein Arzt zu sein, um zu erkennen, dass Aileens Arm gebrochen war.

Bis der Krankenwagen die fünfzehn Meilen vom Krankenhaus ins Tal gefahren war, verging eine Weile. Aileen hatte es mithilfe der Lady in einen Sessel geschafft, ihr Arm ruhte auf einem Kissen auf der Armlehne und schmerzte so sehr, dass es ihr immer wieder die Tränen in die Augen trieb. Die Lady verabreichte ihr ein Schmerzmittel. Sie bot ihr dazu auch einen Whisky an, aber den wollte Aileen nicht, sie trank nicht, nie, und das wusste Fiona McIntosh auch. Womöglich musste sie auch operiert werden, und da war es sicher ohnehin keine gute Idee, betrunken im Krankenhaus anzukommen. Die Lady versprach ihr, sich um ihre Hündin Britney zu kümmern, bis Aileen aus dem Krankenhaus kam. Und ja, sie würde auch in ihrem Häuschen ein paar Meilen weiter oben im Tal nach dem Rechten sehen, die Blumen gießen und die Post sichten. Aileens Eltern waren vor einigen Jahren in die Stadt gezogen, nachdem man ihrem Vater wegen wiederholter Trunkenheit am Steuer den Führerschein abgenommen hatte. In der Stadt konnte er sich mit öffentlichen Verkehrsmitteln bewegen und musste sich nicht permanent von seiner Frau chauffieren lassen. Seitdem lebte Aileen allein in ihrem Elternhaus. Sie hatte damals in einem Restaurant auf halber Strecke zum nächsten

Dorf gearbeitet und keinen Grund gesehen, mit ihren Eltern wegzuziehen. Im Gegenteil, sie war ganz froh und ohnehin alt genug, um allein zu leben. Sie liebte das Tal und das Haus, hatte gründlich entrümpelt, alles hell gestrichen und aus dem düsteren, vollgestopften Cottage ein gemütliches und helles Heim gemacht. Sie bemitleidete ihren Vater wegen seines Alkoholkonsums und ihre Mutter, weil sie es hinnahm und ebenso wenig dagegen ankam wie ihr Vater. Aber Aileen konnte ihren Eltern auch nicht aus der Situation heraushelfen und hatte nur noch sporadisch Kontakt zu ihnen.

Im Übrigen, sagte die Lady, müsse man mit einem Armbruch sicher nicht lange im Krankenhaus bleiben, Aileen würde bestimmt einen Gips bekommen und dann wieder nach Hause geschickt werden. Sie solle anrufen, wenn sie abgeholt werden wolle. Ryszard würde sich sicher gern um die Cottages kümmern, solange Aileens Arm eingegipst war.

Doch, doch, das würde er schon hinkriegen, versicherte die Lady Aileen. Ja, auch das Saubermachen. Insgeheim war sie da nicht so sicher, denn in Wahrheit war sie ebenso überzeugt wie Aileen selbst, dass niemand so putzen konnte wie Aileen, aber sie beruhigte sie, so gut sie konnte. Aileen hatte eine kleine Schwäche für Ryszard, er war groß und stark und fleißig und freundlich, und er liebte die Natur. Aber was das Putzen anging, traute sie ihm nicht allzu viel zu. Ersteres hätte sie niemals zugegeben, Letzteres teilte sie der Lady recht unumwunden mit. Die Lady gab zu, dass auch sie nicht wirklich von Ryszards Putzkünsten überzeugt sei, sondern ihn eher für einen Mann fürs Grobe halte, sie aber auf jeden Fall irgendeine Lösung finden würde, Aileen solle sich mal keine Sorgen machen, sondern in Ruhe ihren Arm auskurieren. Notfalls würde die Lady eben selbst mit Henry durch die Cottages tanzen. Aileen wusste nicht recht, ob sie über diese Vorstellung lachen durfte oder ob die Lady dann beleidigt wäre, also konzentrierte sie sich lieber darauf, der Lady zu diktieren, was noch getan werden musste, in welchem Cottage ein Wasserkocher defekt war, wo in den Schubladen Besteck nachgefüllt und wo die Betten bezogen werden mussten. Glücklicherweise waren um diese Jahreszeit nicht mehr alle Cottages durchgehend belegt, sodass das ein oder andere auch mal ein paar Tage ungeputzt bleiben konnte. Sich wenigstens gedanklich auf die Arbeit zu konzentrieren, lenkte sie ab, und als die charmanten Sanitäter eintrafen, war Aileen schon fast wieder zum Flirten zumute. Wenn nur der Schmerz nicht gewesen wäre.

Lady Fiona McIntosh machte in der Folge ebenfalls Überstunden. Aileens Armbruch kam ihr nicht gerade gelegen, im Westflügel war noch dies und das zu tun, und Aileen war in diesen Dingen einfach geübter als sie.

Dummerweise hatte sie einen imposanten Gips um den Arm bekommen und war damit gleich wieder nach Hause geschickt worden, wo sie nicht mal die Tür aufbekam, denn dazu musste man mit einer Hand den Schlüssel umdrehen und festhalten und mit der anderen den Knauf drehen. Also hatte die Lady kurzerhand beschlossen, Aileen vorübergehend zu sich zu holen. Ohne ihren rechten Arm war sie ja einigermaßen aufgeschmissen. Statt dass also Aileen sich um den Westflügel kümmerte und Fiona McIntosh ein Konzept für einen neuen Windpark entwickelte, kümmerte sie sich um Aileen, den Westflügel und ihren eigenen Haushalt und entwickelte das Windparkkonzept noch zusätzlich. Dabei hätte die Arbeit eigentlich ihre volle Aufmerksamkeit erfordert. Normalerweise fing sie um diese

Jahreszeit auch mit den Weihnachtsvorbereitungen an, die Lady war in diesen Dingen sehr gut organisiert, aber das musste dann dieses Jahr wohl warten. Wenn die Kinder kurz vor Weihnachten nach Hause kamen, würden sie eben noch mithelfen müssen. Sie waren es auch nicht anders gewohnt, hier musste immer jeder mit anpacken.

Die Lady hatte eins der ehemaligen Kinderzimmer für Aileen hergerichtet und mit ihr zusammen Kleidung und was sie sonst noch brauchte aus ihrem Häuschen geholt. Dann waren sie zusammen in den Westflügel gegangen, und Aileen hatte ihr gesagt, was im Einzelnen noch zu tun war. Sie hatte sich tausendmal für den Armbruch entschuldigt und betont, wie unangenehm es ihr sei, dass jetzt sie der Lady Anweisungen gab statt umgekehrt. Die Lady entgegnete, Aileen habe sich ja vermutlich nicht absichtlich den Arm gebrochen, könne also nichts dafür und solle aufhören, sich zu entschuldigen. Es sei ja nun auch nicht so, dass sie niemals putzen oder sonst wie arbeiten würde, das sei also schon alles völlig in Ordnung. Und auch Aileen wusste natürlich, dass die Lady sich keineswegs zu schade war für einfache Arbeiten, sie war ja früher auch ohne sie zurechtgekommen, hatte neben ihrem Beruf noch die Cottages geputzt und vermietet, das ganze Anwesen geführt und zudem noch Kinder gehabt. Damals hatte sie allerdings nur halbtags gearbeitet. Dass sie inzwischen längst wieder in Vollzeit als leitende Ingenieurin tätig war, nötigte Aileen ungeheuren Respekt ab. Aileen war zwar fünfundzwanzig Jahre jünger als die Lady, aber in mancher Hinsicht deutlich konservativer. Sie war verblüffend lange davon ausgegangen, dass die Lady hauptberuflich Lady war, aber da hatte sie auch noch nicht bei ihr gearbeitet und sie nur so flüchtig gekannt, wie man sich eben kennt, wenn man im selben Tal wohnt.

Und dann war es auch schon Donnerstag. Die Chefin der Investmentabteilung der Londoner Privatbank und ihr Irish Setter kamen in einem nagelneuen blaumetallicfarbenen Sportwagen, der Rest der Gruppe fuhr in gediegenem Schwarz vor. Als die Chefin der Investmentabteilung den ersten Fuß aus ihrem blauen Wagen setzte, trat sie in Gänsedreck. Natürlich trug sie noch die eleganten Stadtschuhe, und natürlich fand sie es nicht besonders amüsant, sondern regte sich innerlich fürchterlich auf. Lange Autofahrten machten sie nicht gerade entspannt, und Entspanntheit gehörte ohnehin nicht zu ihren Qualitäten. Äußerlich bemühte sie sich natürlich um Contenance, aber eigentlich war sie doch der Meinung, wenn Gäste anreisten, könnten die Hausbesitzer bitte schön dafür sorgen, dass keine Exkremente dort herumlagen, wo man nun mal parken musste. Noch während sie versuchte, das Gröbste am Rasen abzustreifen, kam die Gans lautstark schnatternd und mit vorgerecktem Kopf erstaunlich flink auf sie zugewatschelt. Die Begrüßung durch die Gans wurde im

Allgemeinen nicht gerade als freundlich empfunden. Sie hatte noch nie jemandem etwas getan, aber ihr aggressives Gebaren erschreckte die meisten Leute gehörig. Die Gans war jedenfalls ein deutlich besserer Wachhund als Albert, der Gäste üblicherweise zwar durchaus bellend, aber freudig schwanzwedelnd begrüßte. Die Chefin der Investmentabteilung hätte natürlich niemals zugegeben, dass sie Angst vor einer Gans hatte, aber diese Attacke war ihrer Laune wahrhaftig nicht zuträglich, sondern sie bestätigte nur ihre Vorbehalte gegen so große Vögel. Sie bekam also einen Schreck und einen ziemlichen Adrenalinstoß mit Schweißausbruch, sie fürchtete sich ein wenig vor der Gans, hatte Gänsedreck an ihrem teuren Schuh, und verflucht kalt war es auch. Das fing ja gut an.

Die McIntoshs verscheuchten die Gans routiniert und fanden auch ihre Hinterlassenschaften nicht weiter bemerkenswert oder gar tragisch, man war schließlich auf dem Land. Wer hierherkam, kam genau deswegen. Wenn auch nicht ausdrücklich wegen des Gänsedrecks. Weitaus mehr Sorgen bereitete den McIntoshs der blaue Wagen der Chefin, aber das konnten sie ihr nicht gut sagen, sie merkten ja, dass die Dame nicht gerade gut auf Vögel zu sprechen war, auch wenn sie sich um Freundlichkeit bemühte. Also begrüßten sie die Banker erst mal herzlich und reichten Gartenschlauch und Küchentücher an, damit die Chefin das Malheur an ihrem Schuh beheben konnte. Dafür trat sie ein paar Schritte zur Seite und stolperte fast über ein totes Tier, das ihr gleich den nächsten Schreck einjagte.

Das Tier war nicht tot, sondern ein Plüschaffe, der von Albert und Victoria schon ziemlich kaputtgeliebt worden war. Seit Victorias Tod einige Wochen zuvor lebte Albert seine Trauer vor allem an dem Affen aus, aber das konnte die Chefin der Investmentabteilung natürlich nicht wissen. Sie wusste außerdem nicht, ob sie sich mehr vor dem Gänsedreck an ihrem Schuh oder vor dem toten Affen ekelte. Ihr eigener Hund bemerkte das Stofftier mit deutlich größerer Begeisterung als sie, und die Chefin verbot ihm umgehend, damit zu spielen. Der Hund hielt sich nicht daran. Er hieß Mervyn, wie der ehemalige Vorsitzende der Bank of England, was natürlich Zufall sein konnte, den McIntoshs aber Anlass zur Hoffnung gab, dass die Dame möglicherweise doch so etwas wie Humor hatte. Die mitgereisten Banker, die Psychologin und die Köchin standen peinlich berührt daneben und versuchten, anderweitig Konversation zu machen.

Die McIntoshs erkundigten sich höflich, ob man gut hergefunden habe und ob es eine angenehme Fahrt gewesen sei, und noch während Lady McIntosh die Gruppe herumführte und ihnen alles zeigte (und Albert Mervyn draußen ebenfalls alles zeigte), entschuldigte sich der Lord für einen Moment und machte sich auf die Suche nach Ryszard. Zwar hatte es schon seit ein paar Wochen keine Zwischenfälle mit dem Pfau mehr gegeben, wahrscheinlich war die Sache längst ausgestanden, aber möglicherweise war auch einfach nichts Blaues mehr da gewesen. Sicher war sicher. Dummerweise konnte man die Chefin nicht bitten, ihren Wagen in die Garage zu stellen, denn dort waren die ganzen Kisten, Kartons und Kleinmöbel aus dem Westflügel zwischengelagert.

Da es keinen Handyempfang gab, konnte Hamish Ryszard nicht einfach anrufen, aber glücklicherweise hatten sie kurz vor der Ankunft der Banker besprochen, was an diesem Tag zu tun war. Ryszard hatte als Erstes einen verstopften Abfluss in einem Cottage reinigen, danach irgendwelche Arbeiten im Wald erledigen wollen, wo die Verwüstungen des letzten Sturms noch nicht ganz beseitegeräumt waren. Der Lord setzte sich ins Auto und hoffte, Ryszard noch in dem Cottage anzutreffen, aber dort war er bereits fertig, der Abfluss repariert. Die junge Familie, die dort logierte, war voll des Lobes für die zügige und freundliche Beseitigung ihres Problems. Sie boten dem Lord einen Tee an und waren offenkundig zu einem kleinen Plausch aufgelegt. Er lehnte dankend ab, er müsse jetzt wirklich dringend Ryszard finden. Das konnte ja heiter werden, hoffentlich war er nicht längst unauffindbar in den Tiefen des Waldes verschwunden. Der Lord hatte nicht den Überblick, wo im Wald was zu tun war, er wusste nur die ungefähre Richtung, war aber nicht mit dem Geländewagen, sondern dem normalen Pkw unterwegs und musste folglich auf der Straße bleiben. Die Banker würden sich sicher schon wundern, warum der Lord plötzlich mit dem Auto weggefahren war, statt sie in Ruhe zu begrüßen und ihnen alles zu zeigen, und außerdem bestand die realistische Gefahr, dass der Pfau sich ohne Umschweife auf den Wagen der Chefin der Investmentabteilung stürzen würde, die ja schon von der Gans und ihren Ausscheidungen nicht gerade beglückt gewesen war. Das alles machte ihn durchaus nervös. Erfreulicherweise war Ryszard unterwegs einem der Bauern aus dem Tal begegnet und hatte kurz angehalten, sodass Hamish ihn auf dem Weg zum verwüsteten Wald noch auf der Straße antraf. Er bat ihn, die Pfauen mit etwas Futter oder sonst wie möglichst weit vom Haus wegzulocken, er wolle sie in den kommenden Tagen nicht sehen, Madame sei mit einem blauen Wagen angereist.

Ryszard versprach, sich darum zu kümmern.

Die Gruppe aus London richtete sich im Westflügel ein. Das Einzelzimmer, verkündete die Chefin der Investmentabteilung, würde sie selbst beziehen, alle anderen müssten sich jeweils zu zweit ein Zimmer teilen.

Alle vier Männer beeilten sich, ihre Koffer auf keinen Fall in das Zimmer mit dem Ehebett zu stellen. Schlimm genug, dass sie sich Zimmer teilen sollten; mit einem Kollegen auch noch im selben Bett zu schlafen, kam gar nicht infrage, für keinen von ihnen. Die Köchin und die Psychologin sahen sich an, die Köchin verdrehte die Augen, und die Psychologin zuckte mit den Achseln. Sie hatte nicht damit gerechnet, sich nicht nur das Zimmer, sondern sogar das Bett mit einer Unbekannten teilen zu müssen, die schätzungsweise dreißig Jahre älter war als sie, aber wenn es denn so sein sollte, dann sollte es eben so sein. Die Köchin machte einen ganz sympathischen Eindruck, und das Bett war breit genug. Rachel hatte, was dieses Wochenende anging, ganz andere Sorgen.

Jim und Andrew hatten in ihrem Zimmer zwei Einzelbetten und entdeckten als Erstes die Heizdecken, Jim ungerührt und Andrew mit heimlicher Freude, aber äußerlich ebenfalls ungerührt. Jim fror nicht, er stammte aus einfachen Verhältnissen und war in seiner Kindheit nicht gerade mit Wärme verwöhnt worden. Außerdem war er ohnehin ein zufriedener Mensch, er nahm das Leben normalerweise so, wie es eben kam. Damit war er in seinen etwa sechzig Lebensjahren sehr gut gefahren. Andrew war eigentlich das Gegenteil, schnell verunsichert, wenn etwas nicht nach seinen Vorstellungen lief, und außerdem stand er diesem ganzen Wochenende zutiefst skeptisch gegenüber. Er war nicht glücklich über das durchhängende Bett, freute sich aber über die Heizdecke, denn es war wirklich ganz schön kalt. Das behielt er aber für sich, wie es so seine Art war. Andrew sprach nicht über seine inneren Konflikte. Jim hatte gar keine.

David und Bernard hatten im Zimmer nebenan ein Etagenbett, was Bernard überhaupt nicht behagte. Er wollte weder oben noch unten schlafen, weil er sich nicht entscheiden konnte, ob er lieber mitsamt dem oberen Bett auf den unten schlafenden David krachen und ihn damit sicherlich umbringen würde oder es riskierte, selbst unten zu schlafen und von David und dem durchbrechenden Bett erschlagen zu werden. So oder so, er fürchtete sich vor Stockbetten, wollte dann aber doch lieber oben schlafen, denn unten bekam er Beklemmungen. Außerdem fiel ihm das Alleinschlafen seit seiner Trennung schon schwer genug; mit einem Kollegen zusammen würde es sicher noch schlimmer sein als allein. Es mache ihm nichts aus, behauptete er gönnerhaft, er könne ruhig oben schlafen. David war es egal, solange eine Heizdecke in seinem Bett war und Bernard nicht mitbekam, dass er sie benutzte. Er würde sich bestimmt darüber mokieren, aber David fror eben.

Bernard nörgelte weiter, es habe ihm niemand gesagt, dass sie sich die Zimmer teilen müssten, und dann auch noch so was, also wirklich, Etagenbetten, aus dem Alter seien sie ja nun wahrhaftig raus, und im Übrigen sei es lausig kalt. David sagte nicht viel, wie meistens. Er holte seine Hausschuhe aus dem Koffer, und Bernard fragte schnippisch, ob er hier etwa gleich einziehen wolle, das sehe ja aus, als plane er, sich häuslich einzurichten. Er war der Meinung, man sei zum Arbeiten hier und könne das auch durch die übliche Arbeitskleidung zum Ausdruck bringen. Allerdings war er auch von einem ordentlichen Hotel mit etwas mehr Komfort ausgegangen.

Nebenan hatte sich kurz zuvor eine ähnliche Szene abgespielt, als Jim sein Sakko abgelegt und durch einen groben Strickpullover ersetzt hatte und Andrew still bei sich dachte, dass das doch ein wenig unprofessionell wirke. Er sagte aber nichts dazu, sondern plauderte über die Landschaft und den Blick aus dem Fenster. Gleichzeitig beneidete er Jim um seine Unbefangenheit in solchen Dingen, aber er selbst fühlte sich nun mal wohler, wenn er korrekt gekleidet war. Erst recht in dieser doch etwas angespannten Stimmung, die mit Jim allerdings am allerwenigsten zu tun hatte.

In beiden Zimmern stellten die Männer unter Anwendung teilweise nicht sehr feiner, allerdings nur leise geäußerter Flüche fest, dass die Heizkörper kaum Wärme spendeten und es in den Schlafzimmern trotz der zusätzlich aufgestellten elektrischen Heizlüfter verflixt kalt war und auch bleiben würde. Was kein Wunder war, denn der gesamte Flügel wurde normalerweise nicht bewohnt und daher auch nicht beheizt, das hatte die Lady ihnen gleich erklärt.

Liz, die Chefin der Investmentabteilung, verkündete in beide Männerzimmer hinein, von den zwei Bädern sei eines für die Damen, und zwar das mit der Dusche mit dem neuen Durchlauferhitzer, auf den die Lady eigens hingewiesen hatte. Das andere, das mit der Badewanne, in der man nicht duschen konnte, sei für die Männer. Dann mussten sie eben baden. Allerdings mussten sie sich absprechen, wer wann dran war, denn der Boiler erhitzte immer nur genügend Wasser für eine Wanne, danach brauchte er einige Stunden, um die nächste Wannenfüllung auf Temperatur zu bringen, auch das hatte die Lady ihnen erklärt. Andrew fragte, warum man nicht einfach in ein ganz normales Hotel hätte gehen können, wo jeder sein eigenes Zimmer mit anständiger Matratze und sein eigenes Bad gehabt hätte. Weil, fauchte die Vorsitzende der Investmentabteilung zurück, er dann nur wieder den ganzen Tag auf seinem Smartphone herumgespielt hätte, statt sich am Teambuilding zu beteiligen. Sie habe ihre Sekretärin extra angewiesen, eine Location ohne Anschluss an die Zivilisation zu suchen. Andrew wurde blass. Dass es keinen Handyempfang gab, hatte ihm nämlich auch niemand gesagt. Und selbst Liz fand, ganz so primitiv hätte es auch nicht sein müssen.

Andrew half Helen, der Köchin, ihre Sachen hereinzutragen. Sie hatte kistenweise Vorräte mitgebracht, weil keiner vorher genau hatte sagen können, wie weit es bis zum nächsten Supermarkt war. Jim ging in der Hoffnung auf etwas zu essen ebenfalls in die Küche, nahm sich einen Apfel und half dann Rachel, der Psychologin, ihre Moderationsausrüstung ins Wohnzimmer zu bringen.

Rachel hatte ihren Wagen nicht bei den anderen an der Seite des Hauses geparkt, denn dort war kein Platz mehr gewesen, sondern hinter dem Haus, neben einem kleinen Schuppen. Dort befanden sich auch die Pfauen, die zuvor noch auf der großen Rasenfläche vor dem Haus gewesen waren; wahrscheinlich war ihnen dort jetzt zu viel Rummel. Rachel trug die Sachen aus ihrem Auto, den Moderationskoffer, Metaplantafeln, Flipcharts und so weiter, bis zur Haustür, wo Jim sie übernahm und ins Wohnzimmer brachte. So trugen sie nicht so viel Schmutz in den Westflügel. Wann immer er wieder an der Tür auftauchte, hatte er etwas zu essen in der Hand, einen Apfel, einen Schokoriegel, eine Scheibe Toast.

David war ebenfalls herausgekommen, um zu helfen, dann aber mit Lady McIntosh ins Gespräch gekommen, die immer noch vor der Tür stand und Albert und Mervyn beim Spielen auf der großen Rasenfläche beaufsichtigte. Zumindest hatte es den Anschein. In Wahrheit passte sie auf, dass der Pfau sich nicht am Wagen der Chefin der Investmentabteilung vergriff, solange Ryszard die Vögel noch nicht weggelockt hatte. In einem unbeobachteten Moment hatte sie etwas Futter in den Eimer am Schuppen gegeben, damit die Vögel zunächst dort hinten blieben.

Bernard war der Einzige, der nicht herauskam. Er fand es übertrieben, den Damen zu helfen. Der Moderationskram war Sache der Psychologin, der Küchenkram Sache der Köchin. Er war Banker, kein Handlanger. Er blieb in seinem Zimmer, packte seinen Koffer aus, hängte seine Hemden auf das Sammelsurium von Bügeln und legte alles andere in akkuraten Stapeln in die Fächer. In eine Hälfte. David würde seine Sachen ja sicher auch noch auspacken und die andere Schrankhälfte belegen wollen. Was Bernard geradezu erniedrigend fand. Seine Unterwäsche ließ er im Koffer, das wäre wirklich zu weit gegangen, seine Wäsche neben die eines Kollegen zu legen.

Rachel ging wieder zum Auto, holte eine Kiste mit verschiedenfarbigen Papieren heraus, und ein Bogen blaues Seidenpapier wehte aus dem Wagen. Sie ließ es erst mal liegen, weil sie die Hände voll hatte, und trug ihre Sachen zur Tür. Als sie wieder zum Wagen kam, hatte sich einer der Pfauen das blaue Papier vorgenommen und riss es in Fetzen. Rachel staunte, der Vogel schien geradezu wütend auf das Papier zu sein. Dann fiel ihr ein, dass sie einmal von einem Pfau gelesen hatte, der sein eigenes Spiegelbild anschrie, weil er es für einen Konkurrenten hielt. Womöglich waren Pfauen ein wenig einfältig. Weiß der Teufel, was der hier jetzt mit dem Papier hatte. Ehe sie sich's versah, hatte er den Bogen in kleine Schnipsel zerfetzt, die in alle Richtungen verwehten. Rachel bemühte sich, ein paar größere Fetzen aufzusammeln, ohne dem wütenden Vogel dabei zu nahe zu kommen, dann nahm sie die letzten Sachen aus dem Wagen, schloss ihn ab und dachte, dass das hier oben, wo niemand hinkam, vermutlich unnötig war. Jim nahm ihr die Sachen ab, trug sie ins Haus, und sie half Andrew mit den letzten Küchenkisten. Von dem verrückt gewordenen Pfau erzählte sie nichts, die Chefin war inzwischen ebenfalls herausgekommen, und Rachel fand, sie habe ja bei ihrer Ankunft bereits eine sonderbare Begegnung mit einem Vogel gehabt, da wollte sie sicher nicht noch eine eigenartige Geschichte über einen Vogel hören. Außerdem war der Lord zurückgekehrt und erzählte ihr und David irgendetwas über die Geschichte des Hauses und das Alter der Bäume am anderen Ende der Rasenfläche.

Kaum war Rachel nicht mehr hinterm Haus, tauchte Ryszard dort auf, nahm sich den Futtereimer und lockte die Pfauen weg. Er sah Rachel nicht mehr, und er bemerkte auch die blauen Papierschnipsel nicht. Und Rachel sah ihn ebenso wenig.

Andrew scherzte darüber, was für Berge von Lebensmitteln man offenbar für ein paar Leute für ein paar Tage brauchte, er habe schon unvorstellbare Mengen Obst, Gemüse und Getränke hineingetragen, aber die Köchin sei ja offenbar Profi und wisse sicher, was sie da tue. Sie habe auch ein paar Lieblingstöpfe und sogar einen eigenen Messerkoffer mitgebracht. Rachel dachte bei sich, wenn Jim so weiteräße wie bisher, könnten sie in der Tat eine Menge Lebensmittel brauchen. Andrew nahm Rachel die letzte Kiste mit Fleisch ab und trug sie in die Küche, eine große Wohnküche mit einem alten Tisch darin, um den gut zwölf Personen in ausladenden Sesseln passten.

Andrew und Rachel setzten sich mit Getränken an den Tisch, die Köchin räumte alles in die Speisekammer, den Kühlschrank und die Küchenschränke und machte sich ans Werk für das erste Abendessen. Sie fand – und sagte das auch –, wer ordentlich arbeite, und zum Arbeiten seien sie ja schließlich hier, der müsse auch ordentlich essen. Abends solle es immer ein richtig gutes warmes Essen mit drei Gängen geben, mittags eher etwas Leichtes, damit sie nachmittags nicht zu erschöpft vom Essen waren. Für heute Abend war es allerdings zu spät, um noch ein großes Essen zu zelebrieren, es sollte nur etwas kalten Braten, Käse, Cracker und ein paar Salate geben, eine Suppe vorweg, nichts Besonderes, sagte sie. Die Suppe hatte sie bereits am Vortag gekocht und mitgebracht. Ein paar Salate klangen für die Banker nach reichlich Arbeit und nicht sehr verlockend, aber sie kannten Helen noch nicht.

Helen kochte erst mal Tee für alle und stellte ein paar Scones und Crumpets auf den Tisch, dazu Butter und Marmelade, selbstverständlich alles selbst gemacht, sagte sie auf Jims Anfrage, mit Ausnahme der Butter. Die Männer griffen beherzt zu. Auch Rachel aß mit Appetit, nur die Chefin murmelte etwas von ihrer Figur. Rachel schlug vor, noch vor dem Abendessen die erste Arbeitssitzung abzuhalten und danach gleich die zweite, um gemeinsam die Ziele ihres Aufenthaltes zu definieren und ihren individuellen Katalog zur Feedbackkultur zu erstellen.

Jim machte im Wohnzimmer ein Feuer im Kamin. Rachel packte ihren Moderatorenkoffer aus, stellte Metaplantafeln, ein Flipchart und ein Whiteboard auf, legte Filzstifte, Whiteboardmarker, bunte Zettel, Klebepunkte, lustige Sprechblasen und Wölkchen, Papier und Stifte bereit, arrangierte ein paar Stühle und Sessel im Kreis und freute sich auf ihren ersten größeren Auftrag als Teambuilding-Coach. Eigentlich hatte ihr Chef diese Gruppe betreuen sollen, aber er war überraschend krank geworden. Rachel dachte lieber nicht weiter darüber nach, inwiefern diese Krankheit damit zusammenhing, dass er die Chefin der Investmentabteilung schon aus Studentenzeiten kannte und den Auftrag von Anfang an am liebsten abgelehnt hätte, was er aber aus, wie er sagte, *historischen Gründen* nicht konnte. Rachel hatte beschlossen, die Sache positiv anzugehen und das Beste draus zu machen. Was sollte schon schiefgehen, sie hatte zwar noch nicht sonderlich viel Erfahrung, aber dennoch das Gefühl zu wissen, was sie tat. Sie fand die Banker ein wenig eigen, aber wer war das nicht? Und das Anwesen der McIntoshs und das ganze Tal waren ausgesprochen zauberhaft, das hatte man nicht alle Tage. Das einzige Problem war, dass man eigentlich kein Teambuilding mit einer Führungskraft machte, sondern nur mit Leuten, die auf einer Ebene arbeiteten. Aber das würde sie schon hinkriegen.

Ryszard tat, was er konnte. Er nahm Albert und den Pfauenfuttereimer mit und ließ Aileens manchmal etwas hysterischen Hund Britney vorsichtshalber zu Hause. Albert war ein Bordercollie-Mischling, durch und durch ein Hütehund und in seinem Element. Mit Eimergeklapper vorne und Hundegebell hinten lockten und trieben sie die Pfauen ein gutes Stück durch den Wald auf ein freies Feld. Dort streute Ryszard auf einer größeren Fläche Futter aus und hoffte, dass die Vögel damit eine Weile beschäftigt bleiben und nicht allzu bald zum Haus zurückkehren würden. Wenn er das ein paarmal täglich tat, so dachte er, würde er die Pfauen wohl bis Sonntag vom Haus und dem blauen Wagen fernhalten können. Nachts waren die Tiere ohnehin immer irgendwo im Wald, wo sie auf Bäumen übernachteten, und morgen früh würde er gleich als Erstes wieder Futter ausstreuen. Außerdem glaubte er sowieso nicht, dass jetzt noch etwas passieren würde, die Hormonverwirrung des halbstarken Tiers war sicher inzwischen überstanden. Irgendwann musste ja auch ein Pfau mal erwachsen werden, und dann konnte er nächstes Jahr ganz normal balzen, statt sich auf alles zu stürzen, was blau war. So ein Pfau war schließlich kein Mensch. Menschen, fand Ryszard, blieben ja oft erstaunlich lange hormonverwirrt. Da nahm er sich selbst gar nicht aus.

Während Helen in der Küche das Abendessen vorbereitete, begrüßte Rachel die Teilnehmer zur ersten Arbeitssitzung und schrieb drei Fragen an ein Flipchart: Was ist mir wichtig, worauf bin ich stolz, was wünsche ich mir? Sie sollten diese Fragen bitte zunächst schriftlich kurz für sich selbst beantworten und die Antworten dann den anderen vorstellen. Sie dürften allerdings nichts mit dem Beruf und nichts mit der Familie zu tun haben.

Kurz herrschte Schweigen. Jim zückte seinen Stift und fing an zu schreiben. David wurde blass. Andrew sagte leise: Nein. Rachel sah ihn überrascht an, da sagte auch Bernard, das sei ja wohl nicht ihr Ernst, unter gar keinen Umständen würde er das tun. Die Chefin pflichtete den beiden Männern in aller Sachlichkeit bei, das sei wirklich zu intim, sie seien schließlich hier, um über ihre Arbeit zu sprechen, ihr Privatleben sei nicht das Thema. Die Chefin hatte eine besondere Gabe dafür, sich unmissverständlich auszudrücken.

Rachel schluckte ihre Verdatterung hinunter und erklärte, sie habe niemandem zu nahe treten wollen, es sei nur darum gegangen, einander von einer anderen, vielleicht noch unbekannten Seite kennenzulernen. Aber sie wolle natürlich auch nicht, dass das jemandem unangenehm sei. Sie sollten also stattdessen bitte ihr Unternehmen als Schiff zeichnen. Mit den verschiedenen Decks, der Kommandobrücke, dem Maschinenraum, sollten sich selbst an die richtige Stelle setzen und so weiter.

Die Banker verdrehten die Augen, waren aber zu höflich, um schon wieder zu meutern. Rachel holte größere Papierbogen und Stifte in allen Farben aus ihrem Köfferchen, verteilte das Papier, legte die Stifte in die Tischmitte und überließ die Banker ihrem Schicksal. Sie ging in die Küche und ließ sich auf einen Stuhl plumpsen. Helen stellte ihr wortlos eine Tasse Tee hin. Rachel war heilfroh um Helens Anwesenheit.

Als sie ins Wohnzimmer zurückkehrte, hatten alle ihre Schiffe fertig, außer Jim. Jim hatte ein Raumschiff gemalt und hätte wahrscheinlich noch drei Stunden daran weiterarbeiten mögen, jedenfalls hatte Rachel, als er sein Bild erklärte, schon nach kurzer Zeit diesen Eindruck. Er hatte offenkundig Spaß daran gehabt, das Raumschiff zu konstruieren, sich die Details zu überlegen, verschiedene Decks einzuziehen, über den Antrieb nachzudenken, er zitierte Douglas Adams' Bistr-O-Mathik und den unendlichen Unwahrscheinlichkeitsdrive und schlug von da aus einen kühnen Bogen zu den Geldströmen der Bank und der Weltwirtschaft. Rachel fragte, an welcher Stelle er sich denn selbst sehe. Jim grinste und deutete auf die Kombüse. Er sei, sagte er, der Koch. Das Raumschiff Bank würde auch ohne ihn weiterfahren können, er halte sicher nicht unmittelbar die Maschine am Laufen, die Position des Kochs sei aber doch für alle Beteiligten von gewisser Bedeutung. Tatsächlich grinsten auch die anderen anerkennend über dieses Bild, sogar die Chefin. Rachel brach die Raumschiffvorstellung dann allerdings ab, denn sie ahnte bereits, dass von den anderen niemand so recht würde mithalten können.

Andrew hatte ein U-Boot gezeichnet. Er sprach von der ständig drohenden Gefahr des Untergangs und von den Schaltstellen innerhalb des Schiffes, an denen der Untergang verhindert, beim Auftauchen der Druckausgleich unter Kontrolle behalten oder der Sauerstoffgehalt der verfügbaren Luft überprüft werde. Er war zeichnerisch überraschend begabt und schien auch etwas von Technik zu verstehen. Er hatte an all seine Schaltstellen identisch aussehende Figuren gezeichnet und sagte, er selbst sitze an einer dieser Schaltstellen, ebenso wie die anderen Anwesenden, es sei ja vollkommen egal, welche man da jetzt als Metapher für wen bemühen wolle. Rachel war beeindruckt von der Kreativität der beiden Männer.

David hatte einen Frachter gezeichnet und verglich das Geld, das sie verwalteten, mit dem beförderten Schüttgut. Er hatte vergessen, sich selbst auf das Schiff zu zeichnen, und konnte auch spontan nicht recht sagen, an welcher Stelle er sich sah. Dazu verstehe er zu wenig von Schiffen, sagte er. Bernard und die Chefin hatten Passagierschiffe gemalt und trauten sich kaum, ihre Schiffe vorzustellen, weil sie sich so unkreativ vorkamen und den Gedanken der anderen nichts Substanzielles mehr hinzuzufügen hatten. Beide hatten die Chefin auf die Brücke gesetzt. Bernard sah sich selbst als Steuermann, was allgemeines Augenrollen hervorrief, das ihm durchaus nicht entging. Alle waren insgeheim froh, dass sie nicht auch noch den Rest der Gruppe hatten platzieren sollen.

Vor dem Abendessen wollten die Banker einen ersten kleinen Spaziergang machen. Sie hatten lange genug im Auto gesessen, dann im Wohnzimmer und freuten sich auf etwas Bewegung und frische Luft. Draußen war es natürlich auch nicht wärmer als drinnen und außerdem schon beinahe dunkel, aber man konnte sich dicker einpacken und sich bewegen. Selbst Bernard und Andrew zogen die Jacketts aus und stattdessen dicke Pullover unter ihre Winterjacken.

Liz war die Erste, die Schuhe und Jacke anhatte, denn Mervyn wollte ganz besonders dringend raus. Sie öffnete die Tür, Mervyn stürmte hinaus, bellte vergnügt und schreckte ein Pfauenweibchen auf, das den Anschluss an die Gruppe verloren hatte. Es flatterte aufs Dach, glitt auf den schrägen Dachpfannen aus, rutschte rückwärts wieder hinunter und fiel der Chefin der Investmentabteilung just in dem Moment, als sie aus der Tür trat, beinahe auf den Kopf.

Liz bekam einen fürchterlichen Schreck, sie hatte nicht bemerkt, dass Mervyn den Vogel aufgescheucht hatte, und meinte, ihr würde das ganze Haus auf den Kopf fallen. Der Vogel landete flügelschlagend auf dem Boden, und Liz stieß einen Schrei aus, der die Pfauendame wiederum nicht gerade beruhigte, sodass sie noch einmal aufflatterte und glücklicherweise auf dem nächsten Baum verschwand. Liz konnte Vögel nicht leiden, und für ihren Geschmack war die Begegnung mit der grantigen Gans schon genug für einen Tag gewesen. Die Männer hinter ihr hatten gar nicht mitbekommen, was geschehen war, sie hörten nur ihren Schrei. Liz wollte sich ihr Entsetzen nicht anmerken lassen, aber unter ihrer dicken Winterjacke sorgte der Adrenalinstoß für einen ziemlichen Schweißausbruch. Als hätte sie davon in letzter Zeit nicht sowieso schon genug.

Die Männer merkten natürlich, dass ihre Chefin schon wieder unentspannt war, waren sich aber keiner Schuld bewusst. Sie ließen sie mit Mervyn vorgehen und unterhielten sich lieber mit Rachel, die zumindest David und Jim ganz zauberhaft fanden. Andrew mochte sie ebenfalls, war aber kein Freund ihrer Arbeitsmethoden. Bernard war so oder so schlecht gelaunt und ein bisschen beleidigt, weil die anderen so viel kreativere und elaboriertere Schiffe gezeichnet hatten. Die Chefin marschierte aufgebracht vorweg und musste sich erst mal beruhigen. Dann zwang sie sich, langsamer zu gehen, um nicht noch mehr ins Schwitzen zu geraten, sie begann schon zu frieren. Aus dem Gebüsch kam schnatternd und mit vorgerecktem Kopf die Gans auf sie zugewatschelt. Liz stolperte vor Schreck fast über den toten Affen und bekam den nächsten Adrenalinstoß und den nächsten Schweißausbruch. Sie öffnete ihre Jacke ein wenig. Sie schwitzte und fror.

Ein Stückchen hinter dem Haus entdeckte die Gruppe ein großes, altes Eishaus, das halb in einen Erdwall eingelassen war. In der Dämmerung war es kaum zu erkennen. Die meisten von ihnen hatten so etwas noch nie gesehen. Jim erklärte, was er über Eishäuser wusste, und das war verblüffend viel. Es gebe sie, sagte er, bereits seit der Bronzezeit, man habe dort im Winter Eis eingelagert und die Isolierungen im Laufe der Jahrhunderte immer weiter verbessert, mit Holz und Stroh und Luftschleusen und ineinanderliegenden Räumen mit isolierender Luftschicht dazwischen, sodass man es schließlich geschafft habe, auch in heißen Gegenden den ganzen Sommer über Lebensmittel zu kühlen und bis zum nächsten Winter Eis im Eishaus zu haben. David und Rachel waren beeindruckt, dass es so etwas heute noch gab, auch wenn dieses Eishaus hier sicher nicht mehr in Gebrauch war und auch nicht aus der Bronzezeit stammte. Niemand wagte zu fragen, wann die Bronzezeit eigentlich genau gewesen sei. Es war ein eher einfaches Eishaus, es gab, soweit man sehen konnte, keine doppelten Wände und keine Luftschleuse, nur einen in den Erdwall eingelassenen großen Raum. Sicher war es darin das ganze Jahr über einigermaßen kühl, aber ob man über den Sommer Eis darin aufbewahren konnte, war doch fraglich. Bernard und die Chefin fühlten sich in dem Eindruck bestätigt, im Mittelalter gelandet zu sein. Sie wären am liebsten sofort umgekehrt und nach Hause gefahren, aber sie gingen natürlich weiter. Liz fror.

Schon nach wenigen Hundert Metern kamen sie an ein Gatter, das Jim und David auch mit vereinten Kräften nicht öffnen konnten. Bernard murmelte, das Gatter sei ja auch sicher dafür da, irgendwelche Tiere einzusperren, womöglich gebe es wilde Stiere auf der Weide, und ob sie nicht lieber umdrehen sollten. Jim erwiderte, das sei doch Quatsch, ob er etwa nie auf dem Land spazieren gehe. Es sei schließlich Winter, wahrscheinlich seien um diese Jahreszeit nicht mal mehr Kühe draußen, höchstens Schafe. So ein Schaf, wandte Bernard ein, könne immerhin durchaus aggressiv werden, aber Jim versicherte ihm, das Einzige, wovor man sich auf einer Wiese in Schottland in Acht nehmen müsse, seien Kaninchenlöcher und Kuhfladen. Auf dieser Wiese hier sei bestimmt kein einziges Tier, außer Unmengen von Kaninchen, er könne allerdings nicht garantieren, dass es sich nicht um Killerkaninchen handle. Ansonsten sei das Gatter so tief in den Boden eingesunken, dass es nicht mal mehr aufgehe, also seien vermutlich in letzter Zeit keine größeren Tiere hier durchgekommen. Sie müssten wohl darüberklettern. Was er dann auch tat.

Die anderen standen ratlos davor. Rachel war die Erste, die sich ein Herz fasste und ebenfalls über das Gatter stieg. Jim reichte ihr auf der anderen Seite die Hand und half ihr hinunter, die anderen sahen zu und befanden, das sei wohl zu schaffen. Sie wollten sich allerdings nicht blamieren, keiner von ihnen. Andrew und David stiegen über das Gatter. Die Chefin und Bernard waren sichtlich gereizt und hatten überhaupt keine Lust, sich zum Gespött zu machen. Glücklicherweise war es inzwischen dunkel. Liz riss sich zusammen. So schlimm konnte es schon nicht sein, immerhin trug sie nagelneue Wanderschuhe, extra für diesen Ausflug gekauft, mit denen sollte man wohl klettern können, und wofür machte sie schließlich seit Jahren Pilates? Sie stieg auf die untere Sprosse des Gatters, schwang das andere Bein obendrüber und wusste nicht, wie herum und wo genau sie den Fuß auf der anderen Seite aufsetzen sollte. Beide Füße nach innen zu drehen schien ihr deutlich zu unelegant, auch bei Dunkelheit, außerdem fürchtete sie, sich das Knie zu verdrehen. Sie rutschte ab und landete schmerzhaft mit dem Oberschenkel auf dem Gatter. Sie fluchte leise. Jim riet ihr, den Fuß andersherum zu setzen. Sie musste einsehen, dass er recht hatte, aber das schmeckte ihr überhaupt nicht. Glücklicherweise war wenigstens Andrew schon ein Stückchen weitergegangen, offenbar hoffte er auf Handyempfang irgendwo hier draußen, jedenfalls starrte er auf sein Telefon, wie meistens. Sein Gesicht war bläulich beleuchtet. Auch David hatte sich dezent abgewandt und schaute in die Gegend, nachdem er bemerkt hatte, wie ungeschickt sie sich anstellte, schönen Dank auch, das war doch alles gleichermaßen entwürdigend. In Wirklichkeit war es David vollkommen egal, wie seine Chefin über das Gatter kam, er genoss tatsächlich den Anblick der dunklen Landschaft. Sie war auch bei Tageslicht grau und braun gewesen, aber er mochte die Leere und die Ruhe, die über allem zu liegen schien, und er stellte sich vor, wie schön es sein musste, wenn die Heide blühte oder im Sommer die Wälder grün waren. Er hörte einen Greifvogel schreien, irgendwo blökte ein Schaf, und unmittelbar vor ihm flohen Kaninchen vor Mervyn, der unter dem Gatter hindurchgekrochen war. Richtung Norden ahnte man die Highlands, Richtung Süden ging es in die Ebene hinunter, weit verstreut lagen ein paar menschliche Behausungen, in denen die Fenster leuchteten. Man hörte nur die Geräusche des Waldes. Und die der Kollegen, die allerdings gerade schwiegen.

Jim reichte Liz die Hand, widerstrebend ließ sie sich helfen. Seine Hand war warm und rau und stark, ihr Widerstand schwand, eigentlich hätte sie die Hand noch länger halten können, aber den Gedanken verbot sie sich sofort. Bernard stieg unbeholfen als Letzter über das Gatter, niemand half ihm, weil er sich ohnehin nicht hätte helfen lassen. Auch Jim und Liz wandten sich ab, alle gingen schon ein paar Schritte voraus und ließen Bernard mit dieser Herausforderung allein. Was ihm ganz recht war, er war Banker, und so ein Banker war schließlich kein Affe. Glücklicherweise war das Gatter auf der anderen Seite der Weide leichter zu öffnen, und so kehrten sie ohne weitere Zwischenfälle, aber nur mäßig gut gelaunt nach Hause zurück.

Liz wollte als Allererstes unter die heiße Dusche. Die lange Fahrt, ihre Schweißausbrüche nach diesen furchterregenden Vogelattacken, dann der Spaziergang in der Kälte – duschen würde ihr jetzt guttun, dachte sie, die Lady hatte auch eigens auf den neuen Durchlauferhitzer hingewiesen, Liz freute sich auf heißes Wasser. Dabei machte Kälte ihr normalerweise gar nichts aus, sie hatte es eindeutig lieber kalt als warm, sie liebte den Winter. Aber jetzt fror sie.

Unter der Dusche musste sie allerdings recht schnell feststellen, dass das Wasser zwar tatsächlich schön warm war, aber mit so wenig Druck aus der Leitung tröpfelte, dass der größte Teil ihres nassen Körpers außerhalb des Duschstrahls stand. Sie fror unter der Dusche weiter, beeilte sich also, statt es zu genießen, und war schneller wieder draußen, als ihr lieb war. Hätte sie mal doch lieber das Bad mit der Wanne für die Damen eingeteilt, so eine heiße Badewanne hätte ihr jetzt gefallen. Auch, um mal eine Weile allein zu sein. Die Männer waren doch allesamt auf ihre Weise sonderbar und nicht immer gut zu ertragen. Sie rubbelte sich ab, zog sich alle warmen Sachen an, die sie dabeihatte, und holte sich bei der Köchin eine Tasse Tee. Damit setzte sie sich vor das Feuer, das die Köchin im Wohnzimmer weiterversorgt hatte, und wurde langsam wieder warm. Wenigstens etwas. Ansonsten lief das hier alles überhaupt nicht so, wie sie sich das vorgestellt hatte. Sie hatte etwas Abgeschiedenheit gewollt, damit die Männer nicht dauernd im Internet herumhingen und sich alle gut konzentrieren konnten, aber ganz so primitiv hätte es nun wirklich nicht sein müssen, da hatte Andrew schon recht. Und ob das mit der Psychotante so eine gute Idee gewesen war, da war sie sich auch noch nicht so sicher. Der Vorstandsvorsitzende hatte ihr dringend zu einer Teambuildingmaßnahme geraten, weil es in der Abteilung immer mal wieder knirschte, und sie hatte sich schließlich dazu bereit erklärt, weil ihr eingefallen war, dass ihr alter Studienfreund genau so etwas anbot. Und jetzt hatte er seine Kollegin geschickt, die ja auch ganz sympathisch war, aber: *individueller Katalog zur Feedbackkultur*, du lieber Himmel, sie arbeiteten seit Jahren zusammen, sie waren erwachsen, da brauchte man mit so etwas ja wohl nicht mehr anzufangen. Irgendwie hatte sie sich das anders vorgestellt, konkreter auf die Arbeit bezogen. Stattdessen mussten sie Schiffe malen wie im Kindergarten. Sie würde vielleicht ein Wörtchen mit Rachel reden müssen.

Das Abendessen verlief in höflicher Atmosphäre. Was Helen als Kleinigkeit angekündigt hatte, war ein Festmahl. Sie hatte klug vorausgeplant, zwei Sorten selbst gemachten Coleslaw bereits mitgebracht, drei weitere ganz unterschiedliche, aber gleichermaßen köstliche Salate hatte sie noch zubereitet, während die Gruppe Schiffe gemalt hatte und spazieren gegangen war. Sie hatte die mitgebrachte Suppe aufgewärmt, Käse und Braten und Cracker auf Tellern arrangiert, alles hübsch dekoriert, und sämtliche Banker waren aufs Angenehmste überrascht von dem, was sie als *nichts Besonderes* bezeichnet hatte, und freuten sich auf die folgenden Tage. Jedenfalls auf das Essen. Jim und David hatten den Spaziergang mitsamt Mervyn noch ein wenig verlängert, während Andrew und Bernard sich in ihre Zimmer zurückgezogen hatten. Die Chefin hatte geduscht, Rachel war Helen noch ein wenig zur Hand gegangen und hatte den Tisch gedeckt. Kurz mehr oder weniger allein zu sein, hatte den Bankern gutgetan, und so gingen sie jetzt zwar immer noch unverbindlich und distanziert miteinander um, aber immerhin wirkten sie einigermaßen entspannt. Rachel kam es vor, als würden die Banker einander gar nicht kennen. Nicht so, als würden sie seit Jahren zusammenarbeiten.

Umso wichtiger fand sie es, nach dem Essen noch die Sitzung zur Feedbackkultur einzulegen, damit sie am nächsten Morgen richtig loslegen konnten. Der ein oder andere trank zum Abendessen bereits Alkohol, Jim Bier, Andrew Cider, David Rotwein, überhaupt fiel ihr auf, dass alle etwas anderes tranken. Die Chefin trank Tee, Bernard Irn-Bru. Wenn man schon mal in Schottland war, sagte er, müsse man auch Irn-Bru trinken. Zu Hause trank er eher Cola, da war Irn-Bru ihm zu süß. Die anderen fanden Irn-Bru für jeden Menschen über zwölf Jahre zu süß, aber Bernards kulinarischer Geschmack war nicht besonders raffiniert. Rachel hätte eigentlich gern ein Glas Weißwein gehabt, sich dann aber nicht recht getraut, auch noch darum zu bitten. Außerdem wollte sie für die abendliche Sitzung einen klaren Kopf behalten, und so blieb sie beim Tee.

Nach dem Abendessen schürte Jim im Wohnzimmer das Feuer, Andrew half Helen, den Tisch abzuräumen, David zog sich kurz zurück, und Bernard ging baden. Die Männer hatten die Badezeiten bereits durchgeplant, sodass zwischendurch immer genügend Zeit war, dass wieder Wasser heiß werden konnte. Sie fingen mit der Feedbacksitzung an, bevor Bernard fertig war. Bernard ließ sich Zeit, er fand das mit dem Feedback-katalog ohnehin überflüssig. Die Köchin brachte unge-fragt Gin Tonic für alle ins Wohnzimmer, und sie sorg-te dafür, dass Bernard ebenfalls einen bekam, sobald er aus dem Bad kam. Die Köchin war eine kluge Frau.

Beim Aufstellen ihres individuellen Katalogs zur Feedbackkultur tranken also alle das Gleiche, aßen aber unterschiedliche Sorten Chips aus kleinen Tütchen. Nur die Chefin nicht. Diese blöde Hormongeschichte machte ihr auf mehr als einer Ebene zu schaffen. Der Alkohol und das Kaminfeuer taten ihre Wirkung, die Banker wollten es jetzt auch einfach hinter sich bringen und sagten zügig alles, was man in solchen Situationen sagen muss. Sie wollten ihr Feedback immer zur Sache abgeben und nicht zur Person, sie wollten immer be-denken, dass der Empfänger des Feedbacks auch ein Mensch war, sie wollten Ichbotschaften senden, sie wollten nie von der Sache auf die Person schließen und so weiter. Andrew verdrehte die Augen, und als Rachel signalisierte, dass es genug war, und die Sitzung für be-endet erklärte, ging er kurz mit dem Hund raus, wie er sagte. In Wahrheit hatte er beim Heimkommen vom Spaziergang festgestellt, dass es hinter dem Haus eine Stelle gab, an der er mit dem Handy ins WLAN der McIntoshs kam. Er musste sie bei Gelegenheit unbe-dingt fragen, ob es in Ordnung war, wenn er ihr Inter-net benutzte. Das Netz war nicht durch ein Kennwort gesichert, sondern einfach offen, deswegen nahm er an, dass es schon so gedacht sein würde. Er wollte auch nicht lange herumsurfen, sondern nur seiner Frau eine gute Nacht wünschen. Er konnte doch nicht einfach schlafen gehen, ohne ihr wenigstens noch eine Mail zu schicken und zu schauen, ob sie etwas geschrieben hatte. Wenn er sie schon nicht anrufen konnte, wie sie es sonst immer taten, wenn einer von ihnen unterwegs war. Es sei wunderschön hier, schrieb er, romantisch-malerisch, nicht besonders luxuriös und lausig kalt. Er habe keinen Handyempfang, das Essen sei hervorragend, die Köchin das reinste Wunder, die Stimmung ansonsten dienstlich. Sie hätten Schiffe malen müssen. Bernard gehe ihm auf die Nerven, er wäre viel lieber mit ihr und den Kindern hier. Sie solle die Kinder von ihm grüßen, und er wünsche ihr eine gute Nacht.

Sie hatte ihm ebenfalls geschrieben. Sie habe versucht, ihn anzurufen, aber offenbar habe er keinen Empfang oder sein Handy ausgeschaltet. Sie hoffe, dass er gut angekommen sei, dass alles gut laufe und dass er wenigstens ins Internet könne, und sie freue sich schon auf seine Rückkehr. Seine Tochter habe beim Sportfest eine Bronzemedaille im Weitsprung geholt und sei sehr stolz.

Auf dem Rückweg ins Haus trat er in Gänsedreck. Mervyn schleppte den Stoffaffen an und wollte spielen. Andrew mochte Mervyn von Herzen, aber der tote Affe war wirklich widerlich, da hatte die Chefin schon recht. Und auch auf den Gänsedreck hätte er gern verzichtet. Nicht aber darauf, seiner Frau Gute Nacht zu sagen.

Als alle zu Bett gegangen waren, wurden in den Zweierzimmern nur noch wenige Sätze Konversation gemacht. Bernard war sich mit David uneins über die Notwendigkeit, den Koffer auszupacken, anders gesagt: David fand, man könne die Sachen auch im Koffer lassen, sie waren ja nur für drei Nächte hier, während Bernard alles ordentlich in den Schrank geräumt hatte. Sie hatten keine weiteren Gesprächsthemen. David las noch ein bisschen, Bernard schlief sofort ein. Jim und Andrew unterhielten sich über Eishäuser und Douglas Adams, vermieden aber vorsichtshalber alles, was mit der Bank zu tun hatte. Auch sie schliefen bald.

Rachel und Helen hingegen hatten beide das Gefühl, eine Verbündete gefunden zu haben. Sie beide waren in dieser Konstellation außen vor und froh darum. Beide ahnten, dass die andere die Dinge ähnlich sah wie sie selbst, aber sie sprachen nicht darüber, denn dafür kannten sie sich noch nicht gut genug. Sie schliefen in einem Bett, das war für die erste Nacht genug Nähe. Aber sie hatten tagsüber durchaus den ein oder anderen Blick gewechselt, und vor allem Rachel war sehr froh, dass sie mit diesem eigenartigen Bankervolk nicht allein war.

Lord McIntosh war Frühaufsteher. Als er am nächsten Morgen in aller Herrgottsfrühe aus dem Haus trat, hörte er es sofort, mittlerweile kannte er das Geräusch von Pfauenschnabel auf Autolack. Er lief zum Wagen der Chefin der Investmentabteilung, verjagte den Pfau inzwischen mit einer gewissen Routine und begutachtete den Schaden. Ein paar Dellen, Kratzer und abgeplatzter Lack am hinteren Kotflügel links. Die Vorhänge im Westflügel waren noch geschlossen, die Gäste schliefen offenbar noch und hatten vermutlich nichts mitbekommen. Sie würden noch ein paar Tage bleiben, sie waren ebenso wichtig wie schwierig, so ging es nicht weiter. Hamish hoffte, dass weitere zahlungskräftige Banker folgen würden, wenn sich herumsprach, dass diese Gruppe zufrieden gewesen war, also wollte er dafür sorgen, dass sie das waren. Weder er selbst noch Ryszard konnten ganze Tage damit verbringen, den Pfau fernzuhalten, und jetzt konnte er die Chefin der Investmentabteilung auch nicht mehr bitten, den Wagen in seine Garage zu stellen – die er dafür sowieso erst hätte entrümpeln müssen –, denn dann würde er auch den bereits entstandenen Schaden erklären müssen, und das kam nicht infrage. Der Eindruck, den er von der Dame hatte, genügte ihm, um diese Möglichkeit gar nicht erst in Erwägung zu ziehen. So, wie sie sich schon wegen ein bisschen Gänsedreck am Schuh aufgeführt hatte, war es eindeutig besser, wenn sie überhaupt nichts über den Schaden wusste und er selbst auch nicht. Kurz entschlossen holte der Lord Britney und Albert aus der Küche und sein Gewehr aus dem Schrank, nahm den Futtereimer mit und wollte den verrückt gewordenen Pfau in den Wald locken. Er konnte ihn ja nicht gut direkt vor der Haustür erschießen, denn das hätte die Gäste sicher geweckt und ihn nur in Erklärungsnot gebracht. Wenn sie aus der Entfernung einen Schuss im Wald hörten, konnte man es immer noch auf die Jagdsaison schieben, immerhin waren Schüsse um diese Jahreszeit gar nicht so ungewöhnlich. Der Pfau allerdings beäugte immer noch den blauen Wagen und fand den Futtereimer gar nicht so verlockend, wie der Lord gehofft hatte. Britney sprang hysterisch bellend herum und verstand sowieso nichts, und auch Albert brauchte eine Weile, bis er begriffen hatte, dass er dafür sorgen sollte, dass der Pfau mitkam. Man hatte ihm eigentlich unmissverständlich klargemacht, dass er die Pfauen in Ruhe zu lassen hatte. Gestern waren alle Pfauen in den Wald gebracht worden, das hatte er verstanden, Herden waren schließlich sein

Metier. Aber mit einem einzelnen Pfau durfte er sich normalerweise nicht abgeben, und so ein Pfau war schließlich kein Schaf. Bis er es verstanden hatte, hatte Britney sicher die ersten Banker wach gekläfft, der Pfau hatte geschrien, der Lord hatte versucht, Albert klarzumachen, was er von ihm wollte, und nebenbei dauernd auf die Fenster im Westflügel geschielt und gehofft, dass niemand einen Vorhang beiseitezog. Aber schließlich tat Albert, was er sollte. Der Lord ging mit dem Futtereimer voraus.

Albert trieb den Pfau ein Stück in den Wald hinein, erst den Weg entlang, dann verließ der Lord den Weg, und Albert hatte Schwierigkeiten, den Pfau weiterhin unter Kontrolle zu halten, denn er war sichtlich genervt von dem Gebell und überhaupt von Albert und Britney und flüchtete sich in die Bäume. Irgendwann hatte er genug von dem Spiel und blieb einfach auf einem der unteren Äste einer Eiche sitzen. Hamish sagte zu Albert, es sei gut, er könne spielen gehen und aufhören zu bellen. Was Albert dann auch tat, und Britney nahm er gleich mit.

Der Lord aber stand neben dem Baum, auf dem der Pfau saß, und sah zu ihm hinauf. Was zu tun war, war zu tun. Aber schön war das nicht.

Nach getaner Tat ging dem Lord auf, dass er nicht gut mit dem Gewehr in der einen Hand und dem toten Pfau in der anderen zum Haus zurückkehren konnte. Es hatte eine Weile gedauert, den Pfau so weit in den Wald zu locken, und möglicherweise hatte er auch mit dem Erschießen noch ein wenig gezögert. Inzwischen waren sicher die ersten Banker wach und würden den Anblick eines toten Pfaus zum Frühstück vermutlich nicht goutieren. Und er hätte die Sache auch nicht erklären können, ohne den Schaden am Wagen der Chefin zu erwähnen. Also ließ er den Pfau liegen, wo er war, irgendwo im Unterholz, deckte ihn mit Laub und ein paar Zweigen zu, sodass er vom Weg aus nicht gleich zu sehen war, versteckte das Gewehr in der Nähe unter einem Steinhaufen und ging nach Hause. Nicht gerade fröhlich pfeifend, es tat ihm durchaus leid um den schönen Pfau, aber man musste auch wissen, wann Schluss war. Und bevor als Nächstes eine alte Dame mit blau gefärbtem Haar anreiste und der Pfau ihr den Kopf aufhackte, ging er lieber auf Nummer sicher, da war er ganz unsentimental. Der Pfau war gefährlich, Hamish hatte gar keine Wahl gehabt. Und sein Herz hatte nicht besonders an dem Tier gehangen, so ein Pfau war schließlich kein Hund.

Mervyn allerdings war sehr wohl ein Hund. Noch vor dem Frühstück machte die Gruppe einen kleinen Morgenspaziergang. Mervyn musste raus, und Helen hatte das Frühstück noch nicht fertig, weil die Chefin das Bad so lange belegt hatte. Bei den Männern war Andrew mit Baden dran, konnte das allerdings erst nach dem Frühstück tun, weil vorher die anderen drei im Bad gewesen waren. Für sie hatte es bedeutet, dass sie Wasser sparen mussten und nur eine Katzenwäsche drin gewesen war. Sie waren es nicht gewohnt, vor dem Badezimmer Schlange zu stehen und dann noch Zahn-pastaspritzer ihrer Vorgänger im Waschbecken vorzu-finden, außerdem hatten sie Frühstückshunger und wa-ren entsprechend schlecht gelaunt. Der Chefin war es im Bad ebenfalls nicht sonderlich gut ergangen, denn sie hatte gar nicht erst geduscht, weil sie da sowieso wieder gefroren hätte, sondern sich stattdessen nur ge-waschen und ebenfalls gefroren. Dabei hatte sie sich extra einen Heizlüfter ins Bad geholt, um wenigstens vorübergehend ein bisschen die Luft zu erwärmen, damit aber nur mäßig befriedigende Ergebnisse erzielt. Sie hatte sich nach dem Waschen schnell angezogen und dann geraume Zeit mit Schminken und Frisieren verbracht. Besonders schlecht gelaunt war Bernard, denn er hatte zwar überraschend gut geschlafen, beim Aufwachen aber als Allererstes festgestellt, dass es gar nicht so einfach war, von der oberen Etage des Stockbetts wieder herunterzukommen, und ihm war nicht entgangen, dass David sich das Lachen verkneifen musste. Schließlich hatte er es unter einigem Gepolter irgendwie hinuntergeschafft und wäre dabei fast gestürzt, was ihm vor dem zehn Jahre jüngeren David ungeheuer peinlich war.

Mervyn war der Einzige, der sich von Herzen auf den Tag und den Spaziergang freute. Er sprang herum, rannte ein Stück vor und wieder zurück und freute sich generell seines Lebens, während die Menschen sich anschwiegen oder nur das Nötigste miteinander sprachen. Am angenehmsten kam Mervyn der schon etwas ältere Herr vor. Der war eigentlich immer freundlich. Der und die Frau, die immer in der Küche war und ihm manchmal etwas zusteckte. Sein Frauchen hingegen reagierte komischerweise gar nicht begeistert, als er ihr das weiche Spielzeug brachte, das nach dem anderen Hund duftete. Liz fand den Affen nach wie vor widerlich und befahl Mervyn, ihn fallen zu lassen. Mervyn verstand das nicht, gehorchte aber und war auch gleich wieder gut gelaunt, weil es genügend anderes zu entdecken gab. Das alte Eishaus und die halb verfallene Kapelle, die die Menschen nicht mal bemerkt hatten, weil sie hinter einer Hecke unter Bäumen lag und die Menschen immer nur auf Wegen gingen.

Mervyn streifte, wie Hunde es eben tun, durchs Unterholz, entfernte sich ein wenig von den Menschen, folgte seiner Nase und fand den toten Pfau. Kurz war er verwirrt, denn er hatte nicht gemerkt, dass dies ein Jagdausflug war, er hatte keinen Schuss gehört, aber er roch ihn ja eindeutig, und ein noch warmer, erschossener großer Vogel musste selbstverständlich apportiert werden, der Setter kannte seine Pflichten. Und so brachte er seinem Frauchen den Pfau, nur ein klein wenig zerfleddert, Mervyn war stolz und zufrieden, wedelte mit dem Schwanz und freute sich auf Lob und Streicheleinheiten.

Er verstand überhaupt nicht, warum sie ihn stattdessen anschrie und beschimpfte, ihn sogar schlug, was sie sonst nie tat, und warum diese unangenehme Aufregung unter den Menschen entstand. Alle waren ganz aus dem Häuschen, aber offenbar nicht vor Freude, sondern sehr böse auf ihn. Er zog den Schwanz ein und verkroch sich. Er hatte doch alles richtig gemacht.

Die Investmentabteilung beratschlagte, was zu tun war. Jim war dafür, den McIntoshs die Sache zu beichten, er meinte, sie hätten sicher Verständnis, wenn so ein Hund einen Pfau reiße, jeder normale Brite habe Verständnis für Hunde, und man könne ihnen ja einen neuen Pfau besorgen, womöglich würde den sogar irgendeine Versicherung bezahlen. Auf gar keinen Fall würde sie das tun, erklärte die Chefin der Investmentabteilung, man wisse schließlich nicht, wie das Verhältnis der McIntoshs zu ihren Pfauen sei, sie hingen ja offenbar sogar an der aggressiven Gans, am Ende hätte das Tier ihnen am Herzen gelegen wie ein Hund, wie würden sie und Mervyn denn dann dastehen? Nein, das komme nicht infrage, der tote Pfau müsse weg.

Wie, weg?, fragte David.

Na, er solle ihn halt verschwinden lassen, sagte die Chefin, die sich immer wieder hatte anhören müssen, sie sei ein Kontrollfreak, und jetzt mal zeigen wollte, dass sie durchaus delegieren konnte. Wie, verschwinden?, dachte David, sagte aber: in Ordnung, er werde sich darum kümmern. Sie waren schließlich nicht zum Spaß hier, und die Chefin war die Chefin. Fürs Erste versteckte man den toten Pfau unter etwas Laub, die Chefin war aber der Meinung, dass das als Versteck nicht genüge, am Ende würde der Hund der McIntoshs den toten Pfau dort aufstöbern, und dann käme alles raus. David solle sich etwas einfallen und den Pfau gründlich verschwinden lassen. Ihr Ton duldete keine Widerrede. In gedämpfter Stimmung kehrten sie zunächst ins Haus zurück. Mervyn schlich mit eingezogenem Schwanz hinterdrein und verstand immer noch nicht, was er falsch gemacht hatte.

Lord Hamish McIntosh saß in der Küche und rührte seinen Tee um. Schade um den schönen Pfau. Aber was wollte man machen, die Balzzeit war lange vorbei, der Pfau offenbar nachhaltig verrückt geblieben. Er war ein Sicherheitsrisiko, wahrscheinlich war es reines Glück, dass er bislang nur Gegenstände angegriffen hatte. Niemand legte sich gern mit einem aggressiven Pfau an.

Seine Frau würde es, wie er, zwar bedauern, aber mit Fassung tragen. Sie war, was solche Dinge anging, recht pragmatisch. Aber Aileen würde es hart treffen. Sie hing an jedem einzelnen Tier, sie fing beim Putzen sogar Spinnen ein und brachte sie nach draußen, statt sie einfach mit Henry einzusaugen oder totzutreten, wie jeder andere es getan hätte, und sie bestand darauf, Mäuse mit Lebendfallen zu fangen und anderswo wieder auszusetzen. Der Lord beschloss, Aileen nicht zu erzählen, dass er den Pfau erschossen hatte. Wahrscheinlich wusste sie ebenso wenig wie alle anderen, wie viele Pfauen im Moment auf dem Anwesen lebten.

Ryszard allerdings musste er es erzählen, denn dann konnte er sich wieder wichtigeren Dingen zuwenden, als dreimal am Tag die gesamte Pfauenbande in den Wald zu locken. Dann musste er Ryszard aber auch bitten, es Aileen zu verschweigen, Hamish hasste so etwas, es kam ihm unaufrichtig vor. Aber Aileen fand nach ihrem Armbruch gerade erst zu ihrer gewohnten guten Laune zurück, da musste er sie nicht noch damit belasten, dass er einen Pfau erschossen hatte. Wie hätte er ihr denn dann unter die Augen treten sollen?

Dummerweise war Aileen die Erste, die in die Küche kam. Und sie merkte natürlich sofort, dass irgendetwas nicht stimmte. Als er aber trotz Nachfrage nicht damit herausrückte, bohrte sie nicht weiter nach, dazu war sie viel zu gut erzogen, und der Lord war immerhin der Lord, und es ging sie vermutlich nichts an. Erstaunlich genug, dass sie hier mit ihm in seiner Küche saß und frühstückte. Eigentlich hätte sie ihm das Frühstück machen sollen, aber sie war nun mal gehandicapt, und so nahm im Gegenteil er ihr das meiste ab. Er kochte ihr Tee, den Hebel des Toasters konnte sie immerhin selbst hinunterdrücken, er strich ihr Butter auf den Toast. Der Lord war ein freundlicher Mann. Aber irgendetwas bedrückte ihn. Als die Lady dazukam, verabschiedete er sich schnell und fuhr zur Uni, wo er Griechisch und Latein lehrte. Vorher wollte er noch schnell bei Ryszard vorbeifahren und die Aufgaben des Tages mit ihm besprechen. Aileen war geradezu ein wenig eifersüchtig, sie wäre auch gern bei Ryszard vorbeigefahren und hätte sich den nächsten Toast von ihm schmieren lassen. Griechisch und Latein hingegen hielt sie für entbehrlich, sie verstand nicht, was man damit heute noch anfangen sollte.

Die Lady kam Aileen vor wie immer. Die Lady war auch tatsächlich wie immer, denn sie wusste ja noch nicht, dass der Lord den Pfau erschossen hatte.

David hatte ein Problem. Er ekelte sich. Er aß kaum etwas zum Frühstück, knabberte nur an einem Toast, trank seinen Tee und grübelte. Er mochte den toten Pfau nicht anfassen, weder mit bloßen Händen noch mit seinen edlen Peccarylederhandschuhen, und er hatte überhaupt keine Ahnung, wie er ihn verschwinden lassen sollte. So ein Pfau war schließlich keine Amsel, sondern ziemlich groß, die einzige Möglichkeit war wohl, ihn noch tiefer in den Wald zu tragen und zu vergraben, aber womit, womöglich war der Boden sogar schon gefroren und viel zu hart, um ein Grab auszuheben, ganz abgesehen davon, dass er keine Schaufel hatte und wohl kaum mit den Händen graben konnte, und im Übrigen, wenn ihn dabei jemand erwischte, wie sollte er das denn erklären, und wie sollte er den Pfau überhaupt tiefer in den Wald bringen, ohne ihn anzufassen? Er war ganz verstört. Und blieb nach dem Frühstück einfach in der Küche sitzen. Helen hatte schon beim Frühstück bemerkt, dass David, der sowieso ein eher zurückhaltender Mensch zu sein schien, noch stiller war als am vorigen Abend und geradezu blass wirkte. Irgendetwas bedrückte ihn, und die Köchin spendete immer gern Trost, mit ihrer ganzen Mütterlichkeit, mit Kuchen und Plätzchen und Eintopf.

David wollte aber keinen Kuchen und keine Mütterlichkeit, er wollte einen Whisky. So früh am Morgen. Den bekam er auch. Helen war vollkommen klar, dass er keineswegs ein Alkoholproblem hatte, sondern auf dem morgendlichen Spaziergang etwas vorgefallen sein musste. Auch der Rest der Banker hatte noch angespannter gewirkt als am Vorabend.

David bat um noch einen Whisky. Helen zog eine Augenbraue hoch. Nach dem dritten Whisky erzählte er ihr von seinem Problem. Da liege ein toter Pfau im Wald, gerissen vom Irish Setter der Chefin. Und er solle ihn jetzt wegschaffen. Und er wisse doch gar nicht, wie. Und wenn er das nicht hinbekäme, wäre die Chefin sicherlich *not amused*, und was das bedeute, wisse man ja, wenn er das mal so deutlich sagen dürfe. Sie schob es auf den Alkohol, ansonsten wäre der junge Mann sicher nicht so unverblümt gewesen. So ein Pfau lasse sich ja nicht so einfach verstecken, sagte David, den müsse man schon vergraben, und ob er jetzt etwa in den Schuppen der McIntoshs einbrechen solle, um eine Schaufel zu stehlen, oder was, das ginge doch nun wirklich nicht. Wenn er erwischt würde. Beim Schaufelklau. Oder beim Verbuddeln des Pfaus. Wie er das denn dem Lord und der Lady erklären solle. Er sei doch kein Einbrecher. Und auch nicht Waldarbeiter oder Bestatter. Er sei Banker.

Dann trank er noch einen Whisky.

Die Köchin dachte blitzschnell nach.

Und ich, sagte sie dann leise, ich bin Köchin.

Aileen hatte festgestellt, dass es eine Sache gab, die sie trotz Gipsarm wunderbar tun konnte, nämlich die Hunde ausführen. Normalerweise strolchten sie immer mal allein draußen herum, aber Albert neigte seit Victorias Tod noch mehr als früher dazu, seine Wanderungen allzu sehr auszudehnen, sodass die McIntoshs immer mal wieder die Straße hinunterfahren und bei sämtlichen weit verstreut liegenden Nachbarn nachfragen mussten, ob sie ihn gesehen hatten. Im Sommer fand man ihn meist dort, wo es nach Grillfleisch roch, oder einer der Nachbarn sammelte ihn unterwegs irgendwo auf und brachte ihn nach Hause. Im Winter war es schwieriger, die Leute waren nicht so viel draußen. Daher waren die McIntoshs ganz froh, wenn Aileen lange Spaziergänge mit Albert und Britney machte und darauf achtete, dass Albert auch wieder nach Hause kam. Albert schien Britneys Anwesenheit ohnehin zu schätzen, kein Wunder, er hatte fast sein ganzes Leben mit Victoria verbracht und war offensichtlich nicht gern allein. Genau wie die Gans. Die

McIntoshs hatten schon darüber gesprochen, dass sie wohl wieder einen zweiten Hund würden anschaffen müssen. Immer wieder fanden sie, sie hätten jetzt genug Tiere, und beschlossen, sich keine weiteren mehr ins Haus zu holen, aber dann gab es doch immer wieder gute Gründe dafür. Sie hatten ja auch genügend Platz, die Hunde hatten ein herrliches Leben, und Alberts Einsamkeit war wirklich nicht mehr mitanzusehen. Die Einsamkeit der Gans war schlimm genug, aber da hatten sie beschlossen, hart zu bleiben. Vor einigen Jahren hatten sie den kompletten ersten Stock renoviert und einen hellbraunen Teppichboden verlegen lassen, weil sie damals einen sehr langhaarigen hellbraunen Colliemischling besaßen. Was dieser Hund an Haaren auf ihrem dunkelblauen Sofa verloren hatte, hatte immer so fürchterlich ausgesehen, dass Fiona den Teppichboden bei der Renovierung tatsächlich passend zum Hund ausgesucht hatte, damit es nicht so auffiel, dass alles voller Hundehaare war. Das Sofa hatten sie bei der Gelegenheit auch ausgetauscht, und für das neue Sofa bekam der Hund sofort Aufenthaltsverbot. Stattdessen kauften sie ihm einen Korb mit einer hellbraunen Decke.

Dummerweise war ebendieser Hund bereits ein halbes Jahr später überraschend gestorben. Seitdem hatten die McIntoshs nur noch hellbraune Hunde gehabt, Fiona betonte stets, sie würde nie wieder einen schwarzen oder weißen Hund aufnehmen, denn sie fand, jetzt habe sie schon den passenden Teppichboden zum Hund verlegen lassen, dann kämen ihr fürderhin auch nur noch passende Hunde zum Teppichboden ins Haus. Der Lord und Aileen waren nie ganz sicher, wie ernst sie das meinte. Hätte ein bedürftiger schwarzer Hund vor der Tür gestanden und sie aus großen Augen angeschaut, dann hätte sie ihn natürlich aufgenommen, keine Frage, sie war ja nicht herzlos, und so ein Hund war schließlich kein Stein. In Wahrheit hatten sie sich noch nie einen Hund ausgesucht oder gar gekauft, die Hunde waren immer irgendwie bei ihnen gelandet, weil sie ein Zuhause brauchten und die McIntoshs gerade Platz hatten. Rein zufällig hatten sowohl Albert als auch Victoria genau ins Farbschema gepasst.

Es stand auch gar kein bedürftiger schwarzer Hund vor der Tür, sondern erst mal der Postbote. Er begrüßte Aileen, Britney und Albert, die eben losgehen wollten, erkundigte sich nach dem Gipsarm und bot an, Aileen bei Bedarf mit ins Dorf zu nehmen. Zurück würde sie nachmittags mit dem Schulbus fahren können. Aileen bedankte sich für das Angebot, wickelte sich einen Schal um und ließ sich von der Lady die Schuhe zubinden und den Reißverschluss der Jacke hochziehen. Sie hatte sich daran gewöhnt, inzwischen war es ihr nicht mehr ganz so peinlich. Sie hatte schnell zu ihrem Pragmatismus und ihrer guten Laune zurückgefunden und musste immer öfter über ihre eigene Unbeholfenheit lachen. Aileen und die Hunde marschierten los.

Der Postbote überreichte Lady McIntosh die Post. Es war ein Brief von den Bakshis dabei. Ihr Wagen war längst repariert, aber es hatte noch ein groteskes Hin und Her mit der Versicherung gegeben, die zunächst geantwortet hatte, es seien nur Schäden abgedeckt, die durch Haustiere verursacht würden, also Hunde, Katzen oder Pferde, und Pfauen seien keine Haustiere. Man konnte aber relativ leicht nachweisen, dass das sehr wohl der Fall war, Pfauen waren eine *non-indigenous species* und damit kein Wildgeflügel, aber dann hatte der zuständige Sachbearbeiter als Nächstes gleich ganz am Wahrheitsgehalt der geschilderten Geschichte gezweifelt, und sie hatten alle vier eine schriftliche Aussage machen müssen.

Die Versicherung, schrieben die Bakshis, habe inzwischen endlich gezahlt, und sie selbst hätten mit der Geschichte unter ihren Freunden bereits für so viel Erheiterung gesorgt, dass es sich allemal gelohnt habe. Es sei also von ihrer Seite aus alles erledigt. Sie bedankten sich sehr für die freundliche Abwicklung der Angelegenheit und betonten zum wiederholten Male, wie wohl sie sich im Tal gefühlt hätten und wie gern sie das Angebot annähmen, noch einmal wiederzukommen. Tatsächlich, schrieben sie, hätten sie schon darüber nachgedacht, möglicherweise über Neujahr nach Schottland zu fahren, ob die Cottages ausreichend beheizbar seien? Und ob sie überhaupt in der kalten Jahreszeit vermietet würden? Sie kündigten an, im Laufe der kommenden Woche anzurufen und sich diesbezüglich zu erkundigen.

Fiona McIntosh freute sich, sie machten immer eine große Party zu Hogmanay, alle Freunde kamen und spielten alberne Spiele, die damit endeten, dass dreißig erwachsene Menschen unter dem riesigen Esstisch hockten und Spaß hatten. Nach Mitternacht wurde getanzt. Die Bakshis würden sicher wunderbar dazu passen. So nette Leute.

Lady Fiona McIntosh rief ihren Mann an, der inzwischen in der Uni angekommen sein musste, um ihm davon zu erzählen. Hamish freute sich erstens darüber, dass die Bakshis kommen wollten, und zweitens überhaupt über den Anruf seiner Frau, denn er hatte ihr ja ebenfalls etwas zu erzählen. Allerdings etwas deutlich Unerfreulicheres. Seine Frau trug es mit Fassung, und erwartungsgemäß war auch sie der Meinung, dass sie es Aileen besser verschweigen würden, sie war gebeutelt genug mit ihrem Gipsarm. Hamish liebte seine Frau sehr dafür, dass sie Aileen verschonen wollte, sagte es aber nicht. Fiona liebte ihren Mann ebenfalls sehr dafür, dass er Aileen verschonen wollte, aber auch sie sagte es nicht.

Aileen klopfte kurz entschlossen im Westflügel an. Sie sagte, sie heiße Aileen und sei normalerweise für den Haushalt und die Cottages zuständig, aber nun habe sie sich den Arm gebrochen und könne im Moment nicht viel tun. Außer spazieren zu gehen. Sie wolle Albert und Britney ausführen und mal fragen, ob sie Mervyn mitnehmen solle. Er heiße doch Mervyn? Oder Justin?

Jim hatte ihr die Tür aufgemacht und war sofort bezaubert. Die junge Frau trug nichts Besonderes, irgendeine alte Jacke und Jeans, und sie hatte einen Arm bis obenhin in Gips, aber sie hatte so ein Blitzen in den Augen und sprühte vor Charme. Ihren ersten Satz hatte er nicht verstanden, weil sie mit einem breiten schottischen Akzent sprach, und so wusste er immer noch nicht, wer sie war. Nachdem er sich beim zweiten Satz reingehört hatte, fand er auch den Akzent zauberhaft. Als er sich eben vorstellen wollte, schoss Mervyn an ihm vorbei nach draußen und begrüßte die beiden anderen Hunde stürmisch. Jim nannte seinen Namen, sagte, dass er sich freue, sie kennenzulernen, und rief dann gleichzeitig nach seiner Chefin und nach Mervyn, der sicher nicht mit den anderen Hunden im Wald herumtoben und womöglich das nächste Tier reißen sollte. Oder schon wieder den Pfau anschleppen, den er bereits auf dem Gewissen hatte. Jim fand, wo er jetzt noch einmal darüber nachdachte, dass die ganze Sache überhaupt nicht zu Mervyn passte, aber wer wusste schon, was in so einem Hund vorging? Wenn er einmal Blut geleckt hatte, würde er die beiden anderen Hunde womöglich noch zu weiteren Dummheiten anstiften, und als Nächstes würden sie gemeinsam auf ein Schaf losgehen. Man kannte solche Geschichten ja. Dazu sollte die Chefin mal schön selbst etwas sagen.

Die Chefin kam und sagte, Mervyn sei vorhin bereits draußen gewesen und sie sei nicht sicher, ob er Aileen gehorchen würde. Sie wolle es nicht riskieren, dass er ihr davonliefe, er kenne sich hier ja nicht aus, und es sei sicher besser, wenn er hier bei ihnen bliebe, aber herzlichen Dank für das Angebot. Aileen fand die Dame verblüffend unhöflich und verstand auch ihre Sorge nicht. Was sollte denn schon passieren, der Setter würde sich in Gesellschaft der beiden anderen Hunde, die sich hier auskannten, sicher nicht verlaufen. Und damit, dass Mervyn vom Auto überfahren wurde, war hier oben auch nicht zu rechnen. Menschen aus Großstädten waren manchmal wirklich sonderbar, und diese elegante Ziege schien ihren Hund ja auch für bemerkenswert dumm zu halten. Aber Aileen war höflich genug, um ihre Gedanken für sich zu behalten, und so verabschiedete sie sich – von dem reizenden älteren Herrn etwas herzlicher als von der eleganten Ziege – und zog mit Britney und Albert allein los. Mervyn verstand nicht, warum er nicht mitdurfte, und fiepte kläglich.

Die Köchin war deutlich pragmatischer veranlagt als der eingeschüchterte David. Sie brachte erst mal den Müll hinaus. Zwar hatte sie längst gesehen, wo die Mülltonnen standen, aber sie klopfte dennoch bei Lady McIntosh an und fragte höflich nach, wohin sie den Müll bringen solle und ob der Kompost getrennt gesammelt würde. Sie verwickelte die Lady in ein kleines Schwätzchen über die wundervolle Gegend und die Natur und kam von da aus ganz zwanglos auf die Tiere, namentlich die herrlichen Pfauen, zu sprechen. Die Lady war einem Plausch nie abgeneigt, außerdem war ihr die Köchin sympathisch, und so gab sie bereitwillig Auskunft. Helen erfuhr, dass niemand mehr so genau wusste, wie viele Pfauen es inzwischen eigentlich waren, wie viele Junge sie dieses Jahr bekommen und wie viele davon überlebt hatten. Die Tiere waren nie alle zusammen unterwegs, sondern meist zu zweit oder zu dritt, sodass sie die genaue Anzahl nur ahnen konnten. Aileen würde es wahrscheinlich wissen, Aileen liebte alle Tiere gleichermaßen und wusste sowieso alles, sie konnte die Pfauen auch voneinander unterscheiden. Aber das sagte die Lady der Köchin nicht. Sie machte sich allerdings Sorgen, dass Aileen früher oder später merken würde, dass ein Pfau fehlte. Stattdessen erzählte sie Helen, dass die Pfauen nach der Balzzeit ihre langen Schwanzfedern abwarfen und jedes Jahr neue bekamen, was sie jedes Jahr wieder zum Staunen brachte, aber nicht, dass einer einmal verrückt geworden war und blaue Sachen angegriffen hatte, denn immerhin hatte ihr Mann am Telefon erzählt, dass der blaue Wagen der Chefin beschädigt worden war. Fiona wollte sich das genauer ansehen, sobald die Gruppe nicht mehr in der Nähe war, sicher würden sie später einen Spaziergang machen, dann konnte sie den Wagen unbemerkt in Augenschein nehmen.

Helen war beruhigt, denn sie konnte davon ausgehen, dass niemand einen Pfau vermissen würde. Eigentlich war sie Jims Meinung, dass man den McIntoshs beichten sollte, dass Mervyn einen Pfau gerissen hatte, alles andere fand sie unanständig. Aber ihre Meinung war hier nicht gefragt, die Chefin hatte etwas anderes entschieden, und zwar unmissverständlich. Und immerhin bestand wohl eine realistische Chance, dass es nicht auffliegen würde. Die zweite beruhigende Nachricht war, dass der Kompost einfach mit in die Mülltonne kam, sodass sie Knochen, Federn und weitere eindeutige Pfauenreste gut unter anderem Müll verstecken konnte.

Bei der Gelegenheit fragte Helen auch gleich nach, wo man denn wohl einkaufen könne, ob man wirklich die zwölf Meilen ins Dorf zurückfahren müsse. Zwar habe sie einen Großteil der benötigten Lebensmittel bereits mitgebracht, aber sie hätte gern noch ein wenig frisches Gemüse und so etwas.

Zum Anwesen der McIntoshs gehörte selbstverständlich auch die ehemalige Home Farm, auf der Ryszard nebenbei allerhand Obst und Gemüse anbaute, das er in seinem eigenen kleinen Laden an Feriengäste und andere Bewohner des Tals verkaufte, zusammen mit weiteren Lebensmitteln und Gegenständen des täglichen Bedarfs. Ryszard sei zwar irgendwo im Tal unterwegs und arbeite, aber sie würde ihr den Ladenschlüssel mitgeben, sie solle sich einfach rausholen, was sie brauche, und es aufschreiben, sagte die Lady. Bezahlen konnten sie später, wenn Ryszard wieder da war, er würde dann bei Gelegenheit im Westflügel vorbeischauen. Helen ließ sich erklären, wie man zur Farm kam. Dann verdonnerte sie den verschüchterten und eindeutig angetrunkenen David, sie dorthinzufahren, denn zum einen hatte sie keinen Führerschein, zum anderen wusste sie auch gar nicht, wo der tote Pfau genau lag.

David konterte kraftlos, er habe doch bereits drei Whisky getrunken – oder waren es vier? – und könne nicht mehr fahren, aber das ließ Helen nicht gelten. Er habe ja nun ausdrücklich den Auftrag, den Pfau verschwinden zu lassen, da könne er nicht gut der Chefin erzählen, er habe diese Aufgabe an die Köchin weiterdelegiert. Außerdem sei man hier mitten im Nirgendwo, und alles, einschließlich der Farm, liege auf dem Privatgelände der McIntoshs, da sei wohl weder mit hohem Verkehrsaufkommen noch mit Alkoholkontrollen zu rechnen.

Und so zogen die patente Köchin und der betrunkene Banker ihre Wanderschuhe an und fuhren in den Wald. Einkaufen, wie sie den Daheimgebliebenen sagten, und den Pfau verschwinden lassen.

David konnte es nicht fassen. Die Frau musste wahnsinnig sein. Sie wollte den Pfau doch nicht im Ernst ins Haus holen und zubereiten? Und ihn, David, zum Mitwisser machen? Sie konnte doch der ebenso herrschsüchtigen wie hysterischen Chefin nicht einfach den Pfau vorsetzen, den ihr Hund gerissen hatte. Wie schmeckte Pfau überhaupt? Wieso glaubte Helen, dass man Pfauen essen konnte? Woher wollte sie wissen, wie man so ein Tier zubereitet?

Ob sie wirklich sicher sei, fing er an.

Sie freue sich so, zwitscherte die Köchin. Pfau, rief sie, habe sie ja schon ewig nicht mehr gemacht.

Ob sie wirklich schon mal einen Pfau zubereitet habe, fragte David.

Tatsächlich hatte Helen eine Zeit lang in einem Restaurant in London gearbeitet, das für seine ungewöhnlichen Gerichte bekannt war und in dem gelegentlich, ganz selten, auch Pfau auf der Karte gestanden hatte. Ebenso wie Schwan. Schwan, erzählte sie, schmecke ihr persönlich nicht so gut, der habe so einen fischigen Beigeschmack, so tranig, er schmecke wie irgendwas zwischen Ente und Anchovis. Damit könne man natürlich arbeiten, aber ihr persönlicher Favorit sei das nicht. Pfau hingegen! Ganz zartes Fleisch, wenn man es nur lange genug koche, ein bisschen wie Fasan, und man könne ihn so schön auf einer großen Platte servieren, mit einer schmackhaften Füllung aus Trockenfrüchten zum Beispiel, und den Kopf dekorativ dazulegen, dieses leuchtende Blau habe man ja sonst eher nicht auf dem Tisch. Der Banker wurde blass. Im Mittelalter habe man bei festlichen Banketten Schwäne und Pfauen ja im eigenen Federkleid serviert, erzählte Helen. Die Haut sei als Ganzes, mitsamt der Federn, abgezogen und von innen mit einem Drahtgestell verstärkt worden, sodass quasi ein lebensechter Schwan oder Pfau auf der Tafel gestanden habe, herrlich müsse das ausgesehen haben, und unter diesem Drahtgestell mit dem Originalfederkleid habe sich dann eben der fertig zubereitete Schwanen- oder Pfauenbraten befunden oder das Gulasch oder was auch immer man eben zubereitet hatte. Es gebe sogar irgendeine Heiligenlegende, bei der ein zubereiteter Pfau sich vom Tisch erhoben habe und weggeflogen sei, die genaue Geschichte habe sie leider vergessen.

Allerdings habe man das Fleisch früher ewig kochen müssen, bis es schon von selbst auseinanderfiel, denn die zahnärztliche Versorgung habe noch arg zu wünschen übrig gelassen, oder anders gesagt, die meisten Leute hätten halt nur noch ein paar faulende Stummel im Mund gehabt und kaum kauen können. Helen kicherte, David wurde übel.

Sie hätte, sagte Helen, auch wahnsinnig gern gelernt, Hunde und Katzen zuzubereiten, aber das sei ja in England leider verpönt. Aber Krokodil und Strauß essen, die hier gar nicht leben, das wollten die Leute! So was ärgerte sie. Warum wollten die Engländer Straußenfleisch essen, aber keine Hunde?

David holte tief Luft. Er liebte seinen Hund, er liebte alle Hunde, wie jeder gute Brite, für ihn war es die größte Selbstverständlichkeit der Welt, keine Hunde zu essen, er aß ja auch keine Menschen, und so ein Hund war schließlich kein Schwein.

Wieso, sagte Helen, ein Hund sei ja nun auch nicht klüger oder sauberer oder sonst wie weiterentwickelt als ein Schwein. Wobei die Entwicklungsstufe sowieso ein blödes Argument sei – denn dass beispielsweise Fische weniger weit entwickelt seien, gebe einem ja auch nicht das Recht, sie zu quälen. Das Problem sei ihrer Meinung nach nicht, welche Tiere man esse, sondern wie man sie vorher behandle. Sie liebe Pferde auch, esse sie aber trotzdem, und sie liebe Fische durchaus nicht besonders, sei aber doch der Meinung, sie hätten ein anständiges Leben verdient. David sah zwar ein, dass sie recht hatte, aber eher theoretisch. Praktisch wollte er überhaupt nicht darüber nachdenken, Pferde oder Pfauen zu essen. Ganz zu schweigen von Hunden. Eigentlich wollte er überhaupt am liebsten ins Bett und sich die Decke über den Kopf ziehen. Aber das sagte er nicht.

Dass sie allerdings der Chefin besser nicht erzählen würden, dass sie ihr den Pfau servieren wollten, den Mervyn gerissen hatte, da waren sie sich einig. Die Chefin und der Rest der Reisegruppe sollten glauben, sie hätten den Pfau tiefer in den Wald gefahren, ihn vergraben und Laub und Steine auf das Grab gehäuft.

Helen hatte an alles gedacht. David nicht. Sie hatte daran gedacht, dass sie keinen ganzen Pfau mitsamt der Federn und allem in den Westflügel schmuggeln konnten. Offiziell wollten sie aber nicht nur den Pfau verschwinden lassen, sondern auch einkaufen, also konnten sie durchaus mit einem zubereitungsfertigen Vogel zurückkehren. Was bedeutete, dass sie den Pfau im Wald rupfen und ausnehmen musste. Sie hatte sich einen Schemel, eine Schürze und ein scharfes Messer mitgebracht und machte sich ans Werk. David wurde schon wieder blass, als sie sich den toten Pfau auf den Schoß legte. Sie werde dem Pfau jetzt die Halsschlagader öffnen, den Kopf abtrennen und ihn ausbluten lassen, sagte Helen. Sie hoffe, das Blut sei noch nicht zu stark geronnen, das müsse man eigentlich unmittelbar nach dem Tod des Tiers machen, damit es noch schön auslaufe. Am besten sei es eigentlich, wenn das Herz noch schlüge und das Blut hinauspumpe. Nun müsse es halt so gehen. Vielleicht wolle David derweil einen kleinen Spaziergang machen und schon mal eine Stelle suchen, wo sie die Federn und Innereien vergraben könnten. Sie brauche eine gute halbe Stunde, dann sollte sie den Pfau einigermaßen gerupft und ausgenommen haben. Bis dahin könne er doch sicher eine geeignete Stelle finden.

David nahm den Vorschlag dankbar an. Er kam nur wenige Schritte weit, dann übergab er sich, just in dem Moment, als die Köchin dem Pfau den Kopf abtrennte und der erste Schwall Blut herauslief. Dabei hatte David ihr da schon den Rücken zugewandt und sah es gar nicht. Als der Pfau ausgeblutet war, war auch David das Frühstück und die vier Whisky wieder los.

Helen fand, die jungen Städter vertrügen ja heutzutage gar nichts mehr, behielt diese Erkenntnis aber für sich. Irgendwie mochte sie den armen Kerl. Im Auto sei eine Flasche Wasser, rief sie ihm hinterher, und David machte, dass er wegkam.

Als er eine gute halbe Stunde später zurückkehrte, sah er schon deutlich besser aus, und das meiste war getan. Die umsichtige Köchin hatte den gerupften und bereits ausgenommenen Vogel in eine große Plastiktüte gesteckt, er sah bereits nicht mehr aus wie ein Pfau, sondern wie ein Stück Fleisch, auch wenn die allerfeinsten Federn noch dran waren. Die würde sie, sobald die Gruppe das nächste Mal spazieren ging, über dem Gasherd abflämmen müssen und hoffen, den Geruch wieder aus der Küche zu bekommen, bevor jemand Verdacht schöpfte. Am besten würde sie gleichzeitig Zwiebeln und Knoblauch anbraten und eine stark duftende Suppe kochen. Die gerupften Federn hatte sie, so gut es ging, in einer anderen Tüte gesammelt, ebenso die Innereien, mit Ausnahme der Leber, für die sie eine Tupperdose mitgebracht hatte. Davon wollte sie eine schöne Pastete machen.

Ob alles in Ordnung sei, fragte sie David.

Ja, danke, es gehe ihm schon besser, sagte der und entschuldigte sich.

Sie berieten eine Weile, was mit den Federn zu tun sei. Glücklicherweise war keine Balzzeit, und der Pfau hatte keine langen Schwanzfedern mehr gehabt, aber auch so waren sie noch lang genug, und es waren viele. Überall auf dem Anwesen lagen natürlich Pfauenfedern herum, denn die Tiere verloren immer mal welche. Aber nicht so viele auf einmal. Schließlich schoben sie den größten Teil zusammen mit den Innereien, dem Kopf und den Füßen (David wurde schon wieder blass) unter einen Laubhaufen. Helen hatte keine Scheu, die rohen Innereien anzufassen, und David konnte sich darauf beschränken, Stöcke und Steine zu sammeln und einen Grabhügel für die Überreste des Pfaus anzuhäufen. Er konnte kaum an den abgetrennten Kopf und die Füße denken, ohne dass ihm schon wieder übel wurde. Sie hofften, dass alles verrotten würde, bevor es jemand fand, aber wahrscheinlich würde niemand so tief in den Wald gehen und Stöcke und Steine wegräumen. Höchstens ein Hund. Einen Teil der etwas längeren Schwanzfedern wollten sie einfach mitnehmen und behaupten, sie hätten sie gesammelt, als Mitbringsel für Helens kleine Nichte. Helen amüsierte sich prächtig. David versuchte, es ebenfalls mit Humor zu nehmen, schaffte es aber nicht ganz.

Dann kauften sie Gemüse bei Ryszard auf der Farm. Sie schlossen den Laden auf, nahmen sich Tomaten, Zwiebeln, Karotten, Zucchini, Rotkohl, Rosenkohl und frische Kräuter. Die Köchin war beeindruckt von der Auswahl, die dieser Mann, der eher wie ein Haudegen wirkte, im November in Schottland noch vorrätig hatte. Ryszard hatte hinter dem Farmhaus ein Gewächshaus und ebenfalls ein kleines, in einen Erdwall eingelassenes, aus Natursteinen gemauertes Eishaus, in dem er Kartoffeln, Karotten, Äpfel und alles Weitere lagerte, was sich dafür eignete. Er musste eine ähnliche Freude an frischem Gemüse haben wie sie. Helen und David wogen alles ab und trugen es in ein Buch ein, das dafür bereitlag.

Auf dem Heimweg schwärmte Helen von der Vorstellung, den Pfau im Ganzen zu braten, mit einer Füllung aus Rosinen, Backpflaumen und Trockenaprikosen, außen mit Speckscheiben gespickt, weil Pfauenfleisch sonst leicht trocken werde. Oder womöglich gar mit einer Hefeteigfüllung, das würde sie auch gern mal ausprobieren. Der Banker war beeindruckt, die Köchin schien offenbar wirklich etwas von der Zubereitung von Pfauenfleisch zu verstehen. Allerdings, ergänzte die Köchin, würde sie den Vogel leider nicht ganz lassen können, denn dann käme sie nur in Erklärungsnot. Der Pfau war wirklich zu groß, um ihn als Fasan zu deklarieren. Was sie auf jeden Fall vorhatte, denn geschmacklich war Fasan dem Pfau am nächsten. Sie habe daher beschlossen, sagte sie, ein Curry zu kochen. Die Gewürzmischung verändere erstens die Farbe, zweitens sei der Currygeschmack so intensiv, dass hoffentlich niemandem der ungewöhnliche Eigengeschmack des Fleischs auffallen würde. Sie plauderte so begeistert über Zubereitungsarten, dass David sich doch langsam entspannte und sich sogar schon ein wenig auf das Pfauencurry freute. Und irgendwie war es auch ein bisschen aufregend, die Chefin zu hintergehen und ihr ohne ihr Wissen einen Pfau vorzusetzen.

David konnte nicht ahnen, dass die Köchin gar nicht in erster Linie vor lauter Vorfreude auf den Pfau so viel plapperte, sondern vielmehr, um ihre Verunsicherung zu überspielen. Sie hatte beim Rupfen des Pfaus nämlich eine erstaunliche Entdeckung gemacht: Mervyn hatte den Pfau keineswegs gerissen. Was sie nicht besonders überraschte, denn Mervyn war, soweit sie das sah, der friedlichste und gehorsamste Hund der Welt, oder anders ausgedrückt: Sie hielt ihn für ein wenig beschränkt, wie alle Irish Setter. Nein, der Pfau war erschossen worden. Mit Schrot. Und zwar erst an diesem Morgen, denn er war noch warm und geschmeidig gewesen, das Blut war noch recht frisch aus ihm herausgelaufen. Wahrscheinlich hatte der Hund ihn im Wald gefunden und apportiert, denn sie hatte bereits gehört, dass er ein ausgebildeter Jagdhund war und mit der Chefin auf die Jagd ging. Der Pfau hatte sicher noch nach Schrot gerochen.

Ihr erster Impuls war gewesen, es erst dem jungen Banker und dann der Chefin der Investmentabteilung zu erzählen. Die Chefin wäre sicherlich erleichtert gewesen, dass ihr Hund unschuldig war, und wenn die Chefin erleichtert war, wäre das für die ganze Gruppe das Beste. Allerdings hätte sie dann auch erklären müssen, wie sie es gemerkt, sprich: warum sie den Pfau gerupft hatte. Dem ungerupften Pfau hatte man die Einschusslöcher des Schrots nicht angesehen, weil die Federn sich gleich wieder darübergelegt hatten. Nun hätte sie behaupten können, sie habe den Schrot zufällig bemerkt, als sie mit David zusammen den Pfau bestatten wollte – was aber, wenn die misstrauische Chefin das sehen wollte, um sich zu vergewissern? Die Chefin der Investmentabteilung der Londoner Privatbank würde sehen, dass der Pfau zur Hälfte gerupft war, und daraus würde sie ganz richtig schlussfolgern, dass man ihn ihr ungefragt zum Essen vorsetzen wollte. Die Chefin war schließlich nicht doof. Helen war nur für dieses Wochenende angeheuert worden, sodass ihr der Zorn der Chefin einigermaßen egal sein konnte – außer dass sie sie bei potenziellen weiteren Kunden schlechtmachen konnte –, aber wahrscheinlich würde auch David in hohem Bogen rausfliegen, und das konnte sie dem Mann nicht gut antun. Womöglich hatte er Familie, er war höchstens Mitte dreißig und damit im Alter für kleine Kinder, sie wollte ihn da auf keinen Fall mit reinreißen. Allerdings warf das alles neue Fragen auf und würde womöglich für neue Probleme sorgen. Irgendjemand, der ziemlich sicher nicht aus der Gruppe stammte, wusste, dass ein toter Pfau im Wald lag. Wer hatte den Pfau erschossen und warum? Und vor allem: Warum hatte er ihn im Wald gelassen? Würde er wiederkommen, um ihn abzuholen? Wenn er ihn einfach da liegen und verrotten lassen wollte, war alles gut. Aber warum hatte er ihn dann erschossen? Doch sicher, um ihn zu essen? Wenn derjenige den Pfau noch abholen wollte, würde er nur noch ein paar Federn finden. Würde er dann die Gruppe aus London verdächtigen, einen bereits toten Pfau aus dem Wald geholt zu haben? Wohl kaum. Vermutlich hatte der Schütze sowieso irgendetwas zu verbergen und würde folglich schön stillhalten. Wahrscheinlich war er beim Wildern gestört worden.

Das alles ging Helen durch den Kopf, während sie weiter darüber plauderte, dass man Pfauenbrustfilets auch sehr schön mit Zitrone und Basilikum zubereiten und mit Jasminreis servieren konnte oder die Keulen mit Äpfeln, Nelken und Zimt im Ofen backen und Couscous dazu reichen. David lief zunehmend das Wasser im Mund zusammen. Und da hatte sie von der Pfauenleberpastete noch gar nicht angefangen.

Die Köchin erklärte David noch einmal, dass Pfauen Fasanenvögel seien und sie behaupten würden, es handle sich um Fasan. Sie müssten auf jeden Fall verhindern, dass jemand in die Speisekammer sah. Der Pfau sei zwar noch relativ klein, aber doch sehr viel größer als ein Fasan. Man könne nur hoffen, dass seine Kollegen nicht so genau wüssten, wie groß so ein Fasan sei. David sagte, die Chefin sei ja Jägerin, sie wisse das mit Sicherheit. Helen hoffte, es würde kein Problem werden, Liz von der Speisekammer fernzuhalten, immerhin habe sie Helen eigens engagiert, um auf keinen Fall selbst in die Küche zu müssen.

Aber bestimmt wisse jeder, dass ein einziger Fasan nie und nimmer für so viele Leute reichen würde, sie müssten also behaupten, sie hätten mindestens zwei Fasane besorgt. Allerdings sei ja nur ein Vogel da. Wie dem auch sei, jedenfalls sollten sie einfach so wenig wie möglich darüber sprechen, und niemand sollte in die Speisekammer sehen. Es sei ein bisschen schade, dass sie nur so kurz hier seien, sagte die Köchin, es würde dem Pfau eigentlich sehr guttun, wenn er noch ein paar Tage abhängen könnte. Und sie hätte auch gern allen erzählt, was sie da aßen, statt ihnen unbemerkt etwas so Edles unterzujubeln und es als schnöden Fasan auszugeben. Ein Jammer. Aber nicht zu ändern.

Offiziell würde es also Fasanencurry geben. Des Weiteren wollten sie den Kollegen, falls sie nachfragten, erzählen, Helen habe die Lady durch ein Schwätzchen abgelenkt, während David unbemerkt eine Schaufel aus dem Schuppen auslieh, dann hätten sie den toten Pfau im Wald vergraben und die Schaufel auf dieselbe Weise wieder zurückgebracht. Sie hofften allerdings, dass die Kollegen gar nicht erst fragen würden und sie nicht allzu ausdrücklich würden lügen müssen, sondern einfach schweigen konnten. Aber immerhin waren sie sich über die offizielle Version einig.

Inoffiziell machte die Sache den beiden zunehmend Spaß. Zwar hatten sie sonst nicht viel gemeinsam, aber die Aussicht, die Chefin zu betrügen, gefiel beiden gleichermaßen gut. Auch wenn David immer noch ein wenig blümerant zumute war, nicht nur körperlich. Sie hofften einfach, dass die anderen schon bei der Arbeit und in ein anderes Thema vertieft sein würden.

Im Westflügel erklärte die Psychologin den anderen – bis auf Andrew, der noch im Bad war – ihre Aufgabe für den Tag. Sie sollten bei diesem Aufenthalt gemeinsam bestimmte Tätigkeiten verrichten, um sich darüber bewusst zu werden, wer in dieser Konstellation welche Rolle innehatte. Hinterher wollten sie dann gemeinsam überlegen, was diese Rollenverteilung für die Zusammenarbeit in der Bank bedeutete, was daran gut war, was weniger gut und wie man das weniger Gute verbessern und das Gute optimieren konnte. Die meisten der für diese paar Tage geplanten Aktionen sollten draußen stattfinden, bei einigen würde man sich geradezu sportlich betätigen und sich schmutzig machen müssen. Heute sollten sie im Wald eine Hütte bauen, sie könnten sich ja schon mal entsprechend anziehen. Rachel warf vor allem Bernard einen Blick zu, der auch heute wieder Anzug trug.

Als Helen und David zurückkehrten, fragte die Chefin nur kurz, ob der Pfau gründlich verschwunden sei, und die Köchin sagte, sehr gründlich. David nickte stumm. Bernard und Jim waren damit beschäftigt, Proviant für unterwegs vorzubereiten, was Helen ihnen sofort aus der Hand nahm. Rachel erklärte David den Plan für den Tag und fragte Helen, ob es in Ordnung sei, dass sie ein Mittagessen mitnehmen und dann lieber gut zu Abend essen wollten, dann könnten sie über Mittag einfach im Wald bleiben. Der Köchin war das sogar sehr recht, so konnte sie sich in Ruhe um den Pfau kümmern, allerdings war sie nicht ganz so begeistert davon, dass die Männer sich in ihrer Küche zu schaffen gemacht hatten. Das würde sie in Zukunft verhindern müssen. Sie packte Sandwiches und Obst ein, Tomaten und Gurken, Oliven, ein paar Würstchen, Käse und Schokoriegel, damit würden die Banker wohl über den Tag kommen. Die Chefin lachte, als sie die Berge von Lebensmitteln sah, die schön säuberlich in Tüten eingepackt wie von Zauberhand plötzlich auf dem Esstisch standen, und fragte, wer das denn alles essen solle. Och, machte Helen und warf einen Seitenblick auf Jim.

Die Sache mit dem Hüttenbau hielt sie spontan für Küchenpsychologie und überflüssigen Unsinn; sie hätte bereits jetzt schon sagen können, wer in dieser Gruppe welche Rolle hatte, dafür brauchte sie den Bankern nicht beim Spielen im Wald zuzusehen. Zumal diese Leute alle ziemlich clever waren, sie durchschauten die Verhältnisse sicher sogar selbst. Man brauchte sie sich ja bloß anzugucken. Jim hatte schon wieder etwas zu essen in der Hand. Jede Wette, dass er gern eine Hütte baute und der psychologische Überbau ihm dabei herzlich egal war. Bernard stand die schlechte Laune schon wieder ins Gesicht geschrieben. Andrew wirkte schon wieder skeptisch und die Chefin voller Tatendrang einerseits und voller Verachtung für das Hüttenbauen andererseits. Der Köchin war bereits aufgefallen, dass die Chefin zwar gerne draußen war, aber bitte, ohne sich schmutzig zu machen. Sie fragte sich, wie das auf der Jagd ging. Womöglich hatte sie da jemanden dabei, der die Drecksarbeit machte.

Dass das Hüttenbauen und Draußensein den Bankern auf verschiedenen Ebenen durchaus guttun würde, daran hatte sie keinen Zweifel, und dass sie sich würden schmutzig machen müssen, erfüllte sie mit geradezu diebischer Freude. Allerdings ging sie davon aus, dass die positive Wirkung solcher Aktivitäten in der freien Natur dadurch konterkariert werden würde, dass das alles unter Beobachtung der Moderatorin und der Chefin stattfand. Da würde es den Männern ja schlechterdings unmöglich sein, sich normal zu verhalten. Des Weiteren fand sie, dass so ein Hüttenbau nicht unbedingt etwas war, was man dringend mit Kollegen und seiner Chefin zusammen machen musste, aber ihre Meinung war hier nicht gefragt, und das war auch besser so. Unter anderen Umständen wäre Helen für jeden Hüttenbau zu haben gewesen, in dieser Situation aber war sie heilfroh, dass sie einfach in Ruhe und allein kochen und dem Pfau die letzten Flaumfedern abflämmen durfte.

Nur, dass sie das doch nicht durfte. Andrew, der gerade erst aus dem Bad kam, weigerte sich nämlich schlankerhand, diesen Kokolores, wie er sich ausdrückte, mitzumachen. Er nannte die von der Moderatorin gestellte Aufgabe ein vulgärpsychologisches Possenspiel, für das er sich nicht hergeben würde. Er sei selbstverständlich gern bereit, inhaltlich mit den anderen zusammenzuarbeiten, über Arbeitsabläufe und Aufgabenverteilungen zu sprechen und auch seine eigene Rolle kritisch zu hinterfragen, aber er würde sich nicht von seiner Bank zur Selbstentblößung zwingen lassen, und überhaupt sei ihm dieser Kinderkram viel zu albern. Man könne das ja alles auch verbal klären, und wenn er Hütten bauen wolle, dann würde er das mit seinen Kindern tun, aber sicher nicht unter Aufsicht einer Psychologin und seiner Chefin, Ende der Durchsage. Der Mann war eindeutig weniger cool, als er es gern gewesen wäre, Helen sah ihm an, dass er innerlich bebte.

Rachel hingegen reagierte überraschenderweise cooler, als sie es sich selbst zugetraut hätte. Sie bat ihn, doch noch mal darüber nachdenken, ob es nicht im Sinne der Gruppe doch ganz vernünftig wäre, sich da nicht auszuschließen. Um Entblößung ginge es gar nicht, sie sei ja nicht voyeuristisch veranlagt, sondern wolle nur helfen, Strukturen sichtbar zu machen, aber es sei natürlich seine Entscheidung, sie wolle ihn nicht zu irgendetwas zwingen. Dabei klang sie zwar ein wenig erregt, fand Helen, aber bemerkenswert wenig beleidigt.

Die Chefin hingegen kochte vor Wut und hätte ihn durchaus gern gezwungen. Sie war schließlich nicht zum Spaß hier und fand solche Spielchen eigentlich auch furchtbar, aber sie hatte das Teambuilding gebucht, und jetzt wollte sie auch, dass es ein Erfolg wurde. Sie hätte auch lieber im Alexander-McQueen-Anzug in einer eleganten Bar einen gepflegten Gin Tonic getrunken, als in Wachsjacke und gefütterten Stiefeln in den Wald zu müssen. Auf der Jagd war das in Ordnung, aber doch nicht, um mit den Kollegen eine Hütte zu bauen. Insgeheim war sie geradezu neidisch auf Andrew, der sich einfach weigerte, aber jetzt konnte sie es ihm nicht mehr gleichtun. Was tat man nicht alles für das Betriebsklima.

David hielt sich zurück. Ihm reichte dieses unerhörte Geheimnis mit Helen, darüber hinaus würde er sich schön unauffällig verhalten, wie es auch sonst seine Art war. Außerdem war er noch ein wenig geschwächt wegen der Sache mit dem Whisky und nicht in der Stimmung, gegen irgendetwas aufzubegehren.

Bernard war ein Kriecher. Zwar unzufrieden und absolut nicht scharf darauf, im Wald eine Hütte zu bauen, bei der Kälte, und dann auch noch mit den Kollegen, aber er tat alles, was die Chefin vorschlug. Und Jim war ohnehin vergnügt, dann baute er also eine Hütte, na und, das konnte doch ganz lustig werden.

Das alles sah Helen und dachte, dass sie der Psychologin auch einfach kurz hätte erklären können, wer hier wie tickte, behielt das aber für sich. Außerdem war Rachel ja auch nicht auf den Kopf gefallen, sie sah das sicher alles selbst. Wer weiß, womöglich war der Hüttenbau doch für ungeahnte Erkenntnisse gut, manchmal konnten Psychologen einen ja verblüffen. Und schließlich ging es sie auch gar nichts an, sie war zum Kochen hier, sie machte ihre Arbeit und Rachel eben ihre.

Dummerweise saß jetzt dieser Andrew in ihrer Küche und machte Konversation, während sie eigentlich in Ruhe den Pfau zu Ende rupfen, die Flaumfedern abflämmen und den Schrot aus dem Fleisch pulen wollte. Stattdessen stellte sie dekorativ die Pfauenfedern, die sie vorgeblich im Wald gesammelt hatte, in eine Vase. Den Vogel selbst hatte sie, nachdem sie bei Ryszard eingekauft hatten, in einer Kiste unter dem Gemüse versteckt, David hatte ihr die Kiste in die Küche getragen, und sie hatte ihn gleich in die Speisekammer gehängt. Den Pfau. Noch hatte ihn niemand gesehen, und wenn es nach ihr ging, sollte das auch niemand tun. Vorsichtshalber hatte sie ein Geschirrtuch so drapiert, dass er teilweise verdeckt war.

Als sie mit dem Arrangieren der Federn in der Vase fertig war, fing sie an, das Frühstücksgeschirr zu spülen, und hoffte, Andrew würde irgendetwas sehr Wichtiges einfallen, das er zu tun hätte. Der Herr entzog sich ja offenbar gerne. Stattdessen trocknete er mit der größten Selbstverständlichkeit das Geschirr ab. Was sie einerseits freute, andererseits aber ihr Problem nicht löste.

Im Wald suchten Liz, David, Jim und Bernard zunächst nach einer geeigneten Stelle für die Hütte. Dabei wussten sie selbst nicht, was sie für geeignet hielten, sie hofften einfach, dass ihnen schon ein Platz ins Auge fallen würde. David wusste, wo die Reste des Pfaus vergraben waren, und bemühte sich, die anderen möglichst weit von dort wegzulocken, ohne dass es auffiel. Es gelang ihm nicht ganz so gut, wie er es gern gehabt hätte, für seinen Geschmack waren sie immer noch zu nah dran. Kurz spielte er mit dem Gedanken, den anderen zu sagen, wo der Pfau verbuddelt war, damit sie dort nicht aus Versehen Äste oder Steine wegnahmen, denn sie wollten den Kadaver doch sicher nicht schon wieder finden; dann fand er es aber doch besser, wenn die anderen gar nicht erst ahnten, wo das Tier – oder was noch von ihm übrig war – begraben war. Der Großteil des toten Pfaus lag in der Gemüsekiste ganz unten, und er hoffte inständig, dass dort niemand außer Helen hineinsehen würde. Beziehungsweise dass er inzwischen in der Speisekammer hing und nicht mehr aussah wie ein Pfau. Des Weiteren hoffte er, dass Mervyn nicht anfangen würde zu buddeln, aber der war seit der Sache mit dem Pfau ohnehin stets angeleint.

Schließlich fanden sie einen Holzstapel, von dem Jim vorschlug, man könne ihn ja als eine Wand benutzen, dann bräuchten sie nur noch drei Wände zu bauen. Oder sogar nur zwei, die dritte Wand könne ja offenbleiben, als Tür. Die Regeln, die Rachel vorgegeben hatte, lauteten: nur Materialien, die im Wald zu finden waren und dort auch hingehörten, also keine etwa herumliegenden gehobelten Bretter oder verirrte Plastikplanen oder irgendwelcher Müll. Dies war allerdings ein Privatwald, es lag gar kein Müll herum, den sie hätten verwenden können. Von bereits vorhandenen Holzstapeln war keine Rede gewesen, also waren sie auch nicht verboten. Am Ende sollten alle Beteiligten in die Hütte hineinpassen, und zwar alle gleichzeitig. Es gab keine Zeitvorgabe, aber immerhin handelte es sich um eine Gruppe ehrgeiziger und zielstrebiger Menschen, und sie waren sich einig, dass die Hütte in wenigen Stunden fertig werden würde. Das wäre doch gelacht, meinten sie.

Jim verkündete, er habe schon immer mal eine Natursteinmauer bauen wollen, wie es sie überall auf dem Land gebe. Teilweise sollten sie mehrere Hundert Jahre alt sein, das habe ihn schon als Kind fasziniert, dass da nur ein paar Steine aufeinanderliegen, ohne

Bindemittel, ohne Klebstoff, ohne Mörtel oder irgendetwas anderes, das sie zusammenhielt. Dass diese Mauern nur durch das Eigengewicht der Steine so stabil waren, dass sie über Jahrhunderte Wind und Wetter standhielten, fand er, sei doch wirklich unglaublich. Er freue sich, das jetzt endlich auch einmal ausprobieren zu können.

Liz wirkte skeptisch und sagte, große Steine seien wohl zu schwer zum Tragen und leichtere Steine zu klein, um eine anständige Mauer zu bauen, so viel Zeit hätten sie außerdem nicht beziehungsweise so viel Kraft, immerhin seien sie allesamt Schreibtischarbeiter und keine körperliche Arbeit gewohnt. Sie sollten doch besser zusehen, dass sie genügend Holz fänden; es sei ja nun auch nicht so wichtig, dass die Wände stabil und wasserdicht würden und Hunderte von Jahren hielten, sie wollten ja nicht darin wohnen. Ihre Vorstellung sei es vielmehr, ein paar kräftigere Pfeiler in den Boden zu rammen und dazwischen dünnere Äste und Zweige miteinander zu verflechten, damit käme man doch sicherlich schneller voran als mit Steineschleppen. Bernard stimmte ihr zu, David nickte achselzuckend. Jim schlug vor, er könne ja für eine Seite der Hütte mit einem Mauerfundament aus Steinen anfangen, während die drei anderen aus Weidenruten die zweite Wand häkelten, und wenn er nicht weit komme, dann könne man immer noch den oberen Teil der Wand mit Astwerk vervollständigen. Aber er habe wirklich große Lust, das mit den Steinen aus-zuprobieren. Das sei doch ein guter Vorschlag, sagte David. Er war vor allem um Harmonie und Kompro-misse bemüht, sein Bedarf an Komplikationen war für heute gedeckt.

Was eigentlich mit Werkzeug sei, fragte Jim, ob sie Werkzeug benutzen dürften. Denn wenn die Chefin Eckpfeiler in den Boden rammen wolle oder auch nur ein paar dünnere Äste, würde das kaum von Hand ge-hen, der Boden sei ja nahezu gefroren und nicht gerade weich. Keine Ahnung, sagten die anderen, da müssten sie wohl Rachel fragen, und ob jemand wisse, ob man Rachel überhaupt zwischendurch Fragen stellen dürfe? Also bitte, sagte Bernard, sie seien doch wohl erwach-sen und hier nicht in der Schule, selbstverständlich könne man sowohl Rachel fragen als auch Werkzeug benutzen, das sei doch jetzt wirklich albern. Rachel war allerdings verschwunden, sie hatte gesagt, sie wolle die Gruppe erst mal allein machen lassen und sie nicht un-ter Dauerbeobachtung stellen, und wenn das so war, dann konnten sie auch selbst beschließen, sie nicht fra-gen zu müssen. Bernard habe recht, befand die Chefin, es reiche ja wohl, dass sie überhaupt eine Hütte bauen müssten. Insgeheim fragte sie sich zum wiederholten Mal, wieso sie sich überhaupt zu der Schnapsidee mit diesem Wochenende hatte überreden lassen.

Dummerweise sei es jetzt aber so, wandte David ein, dass sie gar kein Werkzeug besäßen; ob etwa jemand welches dabeihätte. Und überhaupt, ob sie die McIntoshs nicht vielleicht erst fragen sollten, ob es in Ordnung sei, in ihrem Wald eine Hütte zu bauen. Vielleicht wäre das ja gar nicht in ihrem Sinne. Und wenn sie schon dabei wären, fügte er hinzu, könnten sie auch gleich fragen, ob sie ihnen ein bisschen Werkzeug leihen könnten. Schaufeln, Hacken, vielleicht eine Axt … Na, na, na, sagte Jim, sie wollten ja vielleicht nicht gleich den Wald abholzen. Aber wenn David die McIntoshs fragen gehe, solle er doch auch gleich nach einer Schubkarre fragen, bitte, dann müsse er nicht jeden Stein einzeln schleppen.

So hatte David das natürlich nicht gemeint, dass es schon wieder ihn erwischte, aber er fügte sich, wie meistens. Zudem dachten die anderen ja, er kenne die Schaufel der McIntoshs bereits.

Als David wiederkam – mit Schubkarre, Spaten, Hacke und der offiziellen Erlaubnis zum Hüttenbau, die ihm die bezaubernde Aileen mit einem amüsierten Zug um den Mund eigenmächtig erteilt hatte, weil die McIntoshs bei der Arbeit waren –, hatten die anderen bereits einige Zweige und Steine zusammengetragen. Jim war so gut gelaunt wie immer, die Chefin so schlecht wie immer, und Bernard scharwenzelte um sie herum wie ein Borkenkäfer um eine Pheromonfalle. Manchmal merkte er sogar selbst, dass er ein wenig zu bemüht wirkte, aber Herrgott, er bemühte sich halt auch. Was man nicht von allen behaupten konnte. Er wollte schließlich noch Karriere machen, da musste man sich nun mal bemühen und auch zusehen, dass die Chefin auf einen aufmerksam wurde. In jüngster Zeit hatte Bernard allerdings festgestellt, dass er durchaus nicht nur aus beruflichen Gründen ein wenig Herzklopfen bekam, wenn Liz in der Nähe war. Was seine Unsicherheit nur verstärkte.

Rachel blieb mitsamt Mervyn verschwunden. David fragte sich, wie sie das Zusammenspiel der Gruppe beobachten wollte, wenn sie gar nicht in der Nähe war, aber das sollte nicht seine Sorge sein. Seine Sorge galt dem toten Pfau und dem Betrug an den anderen, vor allem an der Chefin; die ganze Hüttengeschichte war ihm im Moment ebenso egal wie Gruppendynamik, Rollen und Aufgaben. Eigentlich wollte er nur noch, dass dieses Wochenende endlich vorüber wäre und er nach Hause zu seinem Mann könnte. Aber das Wochenende fing leider gerade erst an.

Jim nahm die Schubkarre und zog los, Steine suchen. Die Natursteinmauer sollte im rechten Winkel zum Holzstapel verlaufen. Die Chefin hatte die Oberherrschaft über die andere Wand an sich gerissen, dem Holzstapel gegenüber, was niemanden wunderte, nicht einmal sie selbst. Denn wenn sie ehrlich war, hielt sie ihre Mitarbeiter, gelinde gesagt, zum größten Teil für Pfeifen, mit Ausnahme von Andrew, der den Hüttenbau nun aber leider boykottierte. Schlau von ihm. Bernard, der kleine Schleimer, würde sowieso tun, was sie sagte, und David, nun ja, schwer zu sagen, netter Kerl, auch durchaus nicht doof, aber unsicher, und irgendwie wirkte er im Moment nicht besonders entspannt. Vielleicht war er einfach noch zu jung, um wirklich jemand zu sein. Und Jim war halt Jim, so enervierend dauervergnügt, als würde er Drogen nehmen. Wie machte er das, sich nie aus der Ruhe bringen zu lassen? Wie konnte sich ein erwachsener Mensch um die sechzig, mit so viel Grips im Kopf, für Steinmauern begeistern? Das war doch nicht normal. Ganz zu schweigen von der alten Jacke und diesen indiskutablen Schuhen, die er trug. Vernünftig war das vielleicht, aber wie sah das denn aus, immerhin waren sie beruflich hier.

Die Chefin trug ein paar kleinere Stöckchen und Zweige zur Hüttenbaustelle, größere Äste ließ sie Bernard schleppen. Seine Unterwürfigkeit ging ihr fürchterlich auf die Nerven, aber wenn er sich lieb Kind machen wollte, bitte, dann konnte sie das auch ausnutzen. Sie schickte ihn weitere Zweige holen, bitte dünnere diesmal, um sie zwischen die dickeren zu weben, die sie mithilfe eines Spatens in den Boden gesteckt hatten. Aber auch diese Einfädelarbeit entpuppte sich als schwieriger als gedacht, Liz zerkratzte sich die Hände, ärgerte sich und verfluchte das gesamte Teambuilding und die blöde Psychotante, die sie ja nicht mal wirklich engagiert hatte. Sie hatte ihren alten Kommilitonen gebucht, weil sie dachte, wenn schon so etwas sein musste, dann mit ihm, er war handfest und über jeden Esoterikverdacht erhaben. Sie verachtete nichts mehr als Ringelpiez. Und dann war er im letzten Moment krank geworden, und sie hoffte sehr für ihn, dass er auch wirklich krank war und sie nicht eines Tages erfahren würde, dass er abgesagt hatte, weil er ihre Truppe nicht betreuen wollte. Die Kollegin, die er stattdessen geschickt hatte, war ja ganz nett, hatte aber offensichtlich krude Ideen. Eine Hütte bauen! Sie waren Banker. So ein Banker war doch kein Biber. Immerhin wurde ihr mal wieder klar, dass sie besser mit dem Kopf als mit den Händen arbeitete und insofern bei der Berufswahl alles richtig gemacht hatte. Auch wenn ihre Truppe ihr gerade kolossal auf die Nerven ging. Was sie allerdings zugeben musste, war, dass es im Wald besser roch als in der Bank. Und sicher besser als bei dem einen Cottage, an dem sie vorbeigekommen waren, wo der ganze Gänsedreck lag.

David merkte vorsichtig an, wenn sie als Wand einfach nur Zweige in den Boden steckten, würden die sicher kein Dach tragen, und Liz musste zugeben, dass er recht hatte. Jim stellte fest, dass es wohl schlauer gewesen wäre, wenn sie die Steinmauer parallel zum Holzstapel hätten verlaufen lassen, statt rechtwinklig dazu, aber jetzt war es zu spät. Liz bestimmte einigermaßen gereizt, dass sie das Problem mit dem Dach später lösen und erst mal die Wände so stabil wie möglich machen würden. David hielt das zwar für kein besonders vernünftiges Vorgehen, behielt das aber für sich. Sie brauchten starke Eckpfeiler, auf die sie am Ende einen dicken Ast legen konnten, der ein Dach bis zum Holzstapel tragen würde.

Bernard kehrte vom Zweigesammeln zurück und sagte, wenn die Wände nur aus in den Boden gesteckten Zweigen bestünden, würden sie kaum ein Dach tragen. Ihm war nicht ganz klar, warum seine Chefin ihm deswegen derart über den Mund fuhr und nur fragte, ob das etwa alles sei, was er da gesammelt habe. David raunte ihm kurz darauf zu, das Thema mit dem Dach hätten sie auf später verschoben.

Niemand hatte Notiz davon genommen, dass Rachel mit dem angeleinten Mervyn zurückgekehrt war und ihnen seit einer Weile zuhörte. Als sie sie bemerkten, fragte Bernard, wie sie eigentlich die Gruppendynamik beurteilen wolle, wenn sie gar nicht da sei. Rachel war aufrichtig überrascht von dieser Frage und sagte, es gehe doch nicht darum, dass sie irgendetwas beurteile, sondern darum, dass die Banker selbst herausfänden, wie ihre Gruppe funktioniere, und dass das am besten gehe, wenn man den Arbeitskontext wechsle, also in derselben Gruppe eine ganz andere Tätigkeit gemeinsam ausübe. Das Ziel sei, dass ihnen klar werde, was innerhalb ihrer Konstellation ablaufe. Sie, Rachel, habe damit ja gar nicht direkt zu tun, sie begleite den Prozess

nur. Die Chefin verdrehte die Augen über so viel Päda-
gogik und versuchte, den nächsten Schweißausbruch
unter Kontrolle zu kriegen.

Es hätte auch niemand bemerkt, dass Aileen weiter unten auf dem Weg vorbeiging und sich über die Tätigkeiten der Städter amüsierte, wenn nicht Britney und Albert freudig schwanzwedelnd zu Mervyn gestürmt
wären. Weder die Hunde noch Aileen verstanden, warum Mervyn angeleint bleiben sollte. Aileen sah doch,
wie gut er gehorchte, außerdem war er am Vortag auch
noch frei herumgelaufen. Die Angst, er könnte weglau-
fen, war sicher unbegründet, das Tier tat ihr leid. Die
Banker hingegen hatten Angst, Albert und Britney
würden den toten Pfau finden – wo auch immer David
und Helen ihn hingeschafft hatten – und waren froh,
als Aileen mit den beiden abzog. Aileen waren die Banker, die ihren Hund so schlecht behandelten, unsympa-
thisch, sie mochte sie nicht, und sie sah keine Notwendigkeit, länger stehen zu bleiben und Höflichkeiten
auszutauschen.

Im Haus hatte Helen es derweil geschafft, Andrew ins Wohnzimmer zu komplimentieren. Erst hatte sie ihm vorgeschlagen, einen Spaziergang zu machen, aber er wollte die anderen nicht zufällig beim Hüttenbau im Wald treffen. Am Ende würde er doch noch mitmachen müssen, und, mal ehrlich, sagte er, das sei doch wirklich unzumutbar. Helen war klug genug, ihm weder allzu eindeutig zuzustimmen noch zu widersprechen. Spazieren gehen fiel also aus, und nachdem sie etwa eine Stunde lang Small Talk gemacht und noch einen Kaffee getrunken hatten, sagte sie, sie müsse jetzt wirklich langsam anfangen, das Abendessen und den Fasan für den nächsten Abend vorzubereiten, und wollte ihn damit eigentlich hinauswerfen, aber er bot ihr tatsächlich seine Hilfe an.

Es sei ja schrecklich nett, dass er ihr helfen wolle, heuchelte sie, aber die Arbeitsfläche sei doch ein bisschen klein, da würde man sich nur dauernd in die Quere kommen. Er möge es ihr nicht übel nehmen, aber sie arbeite am effektivsten allein. Bis sie ihm erklärt hätte, was sie wie haben wolle, habe sie es schneller selbst gemacht, er könne sich wirklich sehr gern einfach ins Wohnzimmer setzen und dort etwas am Computer arbeiten oder ein Feuer anzünden, die anderen würden sich bestimmt freuen, wenn sie später aus dem kalten Wald nach Hause kämen und das Wohnzimmer gut vorgeheizt wäre. So verschwand Andrew endlich, allerdings nicht ins Wohnzimmer, sondern erst mal nach draußen, wo er ins WLAN konnte. So konnte sie einigermaßen in Ruhe den Pfau zu Ende rupfen, wobei sie allerdings permanent befürchtete, dass Andrew wieder in die Küche kommen und noch etwas von ihr wollen könnte, mehr Tee oder Zucker oder sonst was. Zu ihrer Erleichterung stellte sie kurz darauf fest, dass er in der Tat ein Feuer im Wohnzimmer angemacht hatte und dann auf dem Sofa eingeschlafen war. Sie hatte eine kleine Schwäche für schlafende Männer. Und sie hatte auch gar nichts gegen Andrew, aber dass der Pfau kein Fasan war, sondern ein Pfau, und zwar *der* Pfau, brauchte nicht noch jemand zu wissen, es war schlimm genug, dass David es wusste. Alle anderen sollten schön in dem Glauben bleiben, sie hätten den Pfau im Wald bestattet und würden Fasanencurry essen.

Allerdings, fiel ihr ein, wusste ja außer ihnen noch jemand anderes, dass ein toter Pfau im Wald gelegen hatte, nämlich derjenige, der ihn erschossen hatte. Vielleicht wollte er ihn einfach da verrotten lassen und würde ihn nicht weiter vermissen. Sonst hätte er ihn ja mitgenommen. Das war allerdings nicht übermäßig plausibel, denn warum sollte man einen Pfau erschießen, wenn man ihn nicht essen wollte? Man konnte ihn wohl kaum mit einem Fasan oder Moorhuhn verwechseln. Sicher hatte er den Pfau wildern wollen und war gestört worden, sodass er den Vogel hatte liegen lassen müssen. Allerdings – wer würde so etwas tun? Dieser Ryszard? Sein Laden machte durchaus den Eindruck, dass er ein Gourmet war und etwas Besonderes zu schätzen wusste, aber ob er deswegen ohne Not seinen Arbeitgeber um einen Pfau erleichtern würde, wagte sie doch zu bezweifeln. Obwohl sie ihn gar nicht kannte. Aber die Lady hatte geradezu liebevoll über ihn gesprochen und ihn und seinen Laden in den höchsten Tönen angepriesen. Nein, das passte nicht in das Bild, das Helen sich von diesem Ryszard gemacht hatte. Und der Lord oder die Lady selbst erschossen wohl kaum ihren eigenen Pfau und ließen ihn dann im Wald liegen. Aileen mit ihrem gebrochenen Arm schied ebenfalls aus. Irgendwie ergab das alles keinen Sinn, es musste jemand anders gewesen sein, jemand aus dem Tal. Allerdings machte das Tal nicht den Eindruck, als lebten hier sonderlich viele Menschen.

Im Bautrupp hatten bereits alle rote Wangen, inklusive Rachel, die immer mal wieder nach der Gruppe schaute und nach zehn Minuten Beobachtung wieder verschwand. In diesen zehn Minuten waren verblüffenderweise alle etwas freundlicher zueinander als sonst. Rachel nahm den angeleinten Mervyn mit auf ihre Spaziergänge, und vor allem David war froh darum, denn so würde der Hund immerhin nicht die Reste des Pfaus finden.

Wer aber durchaus etwas fand, war Jim. Er hob ein paar Steine für seine Mauer auf, um sie in die Schubkarre zu legen, und entdeckte darunter ein Gewehr. Kurz erschrak er, denn man findet ja nicht täglich eine Schusswaffe im Wald, aber dann schaltete sich sein Gehirn ein. Das Gewehr sah nicht aus wie eine moderne Waffe. Das Ding war geradezu historisch, womöglich ein Museumsstück, zumindest aber ganz schön alt und bestimmt längst nicht mehr funktionstüchtig. Jim kam zu dem Schluss, dass das eins dieser Moderationsspielchen sein musste. Das war ja ein klassisches Vorgehen, erst eine Aufgabe zu stellen und dann Störfaktoren einzubauen, das hatte ihm mal jemand erzählt. Dass Gruppen beispielsweise gemeinsam etwas kochen und dafür auch einkaufen sollten, und dann wurde eine wichtige Zutat aus dem Vorrat entwendet und beobachtet, wie die Gruppe damit umging. Jim fand das nicht nur idiotisch, sondern vor allem irgendwie unlauter, aber so etwas konnte er sich für die Hüttenbauaktion auch gut vorstellen. Wahrscheinlich hatte Rachel die Flinte bei ihrer ersten Spazierrunde unter den Steinen versteckt, damit einer von ihnen sie fand, und wollte jetzt beobachten, wie die Gruppe auf diesen Fund reagierte. Allerdings fragte er sich, wie sie das Gewehr unbemerkt in den Wald gebracht hatte. Unter ihrer Jacke? Womöglich. Sie war relativ dick eingepackt gewesen. Und warum überhaupt ein Gewehr, woher hatte sie das denn? Er schaute sich um, ob Rachel ihn von irgendwoher beobachtete, aber er sah niemanden, weder Rachel noch die anderen. Und da er ebenso wenig Lust auf Spielchen hatte wie alle anderen, sondern gern in Ruhe seine Steinmauer bauen wollte, versteckte er das Gewehr wieder dort, wo es gewesen war, und verlor kein Wort darüber. Er baute seine Mauer und tat, als wäre nichts weiter vorgefallen. Sollte Rachel doch später allein in den Wald gehen und ihre Antiquitäten wieder einsammeln. Kurz spielte er mit dem Gedanken, ihr dann unauffällig zu folgen und Gespenst zu spielen, aber er wollte auch nicht riskieren, dass die arme Frau einen

Herzinfarkt erlitt. Sie machte ja auch nur ihren Job und hatte ihm nichts getan. Außerdem war sie wirklich nett. Jim hatte Hunger, er würde mal nachsehen, was von den mitgebrachten Vorräten noch da war. Vermutlich hatte er selbst schon einen Großteil davon verputzt.

Rachel war nicht sicher, ob die Hüttenbauaktion für die Banker wirklich so gewinnbringend verlief, wie sie es sich erhofft hatte. Einer machte gar nicht erst mit, was das Bild natürlich verzerrte, und die Rollenverteilung schien ohnehin recht eindeutig zu sein, woran sich auch beim Hüttenbau nichts änderte. Es lief insgesamt nicht so richtig rund, die Banker stellten sich bemerkenswert dumm an, was die Konstruktion der Wände anging, und die Stimmung war nach wie vor nicht gut, obwohl sie alle keine schlechten Kerle waren. Aber genau deswegen war sie ja gebucht worden. Dummerweise schien die Hauptquelle für die schlechte Stimmung die Chefin zu sein, was die Sache deutlich erschwerte, denn man konnte ihr ja schlecht auf den Kopf zusagen, dass sie das Problem war. Und dieser Bernard machte es auch nicht gerade besser, aber mit ihm wäre sie schon fertiggeworden.

Bislang hatte sie meistens mit ihrem Chef zusammengearbeitet und noch viel von ihm gelernt. Diese Gruppe hier war eine echte Herausforderung, sie nahm sich vor, das positiv zu sehen. Sie wollte gern, dass hinterher alle zufrieden mit ihr waren und sie weiterempfahlen. Aber wenn sie ganz ehrlich war, war sie ein wenig angespannt. Außerdem fror sie, es fing an zu schneien, und bald würde die Dämmerung einbrechen. Sie und Mervyn kehrten zur Hüttenbaustelle zurück, wo alle anderen ebenfalls nach Hause wollten.

Sie legten gerade die Schaufeln und Spaten in die Schubkarre und brachen auf, als der Lord mitsamt Britney und Albert durch den Wald kam und sich nach dem Hüttenbau erkundigte. Die Hunde waren zwar gerade erst mit Aileen draußen gewesen, aber Hamish hatte bei seiner Heimkehr vom Hüttenbau gehört und wollte sich den Anblick der körperlich arbeitenden Banker nicht entgehen lassen. Außerdem wollte er sich vergewissern, dass sie auch ja nicht den toten Pfau oder das Gewehr gefunden hatten.

Der Chefin der Investmentabteilung war es sichtlich unangenehm, eine Hütte gebaut zu haben. Jim hingegen zeigte dem Lord stolz seine Steinmauer, die auf den ersten Blick vielleicht noch nicht besonders imposant wirke, aber er spüre die Arbeit, die sie gemacht habe, bereits in den Knochen, sagte er. Der Lord nickte angemessen beeindruckt, erkundigte sich, ob das Jims erste Steinmauer sei, und machte ihm Komplimente. Jim bejahte das, er habe bislang nur darüber gelesen, über das Prinzip der doppelten Mauern, die sich quasi aneinanderlehnen und dadurch diese überraschende Stabilität erreichen. Er habe auch gelesen, dass ein guter Handwerker vielleicht zwei Meter am Tag schaffe, aber er sei ja nun kein Handwerker und habe das noch nie gemacht, daher habe er sich dann doch entschlossen, nur eine einfache Mauer zu bauen, und es als schwierig genug empfunden, passende Steine zusammenzustellen. Der Lord erklärte, dass bei den Doppelmauern alle paar Fuß außerdem ein Verbindungsstein eingefügt wurde, der für noch bessere Stabilität sorgte, aber bevor die beiden allzu sehr ins Fachsimpeln geraten konnten, mahnten die Damen zur Eile. Es schneite inzwischen stärker. Jetzt, wo sie nicht mehr arbeiteten, sondern stillstanden und sich unterhielten, froren sie alle und freuten sich auf einen schönen heißen Tee.

Hamish war beruhigt. Als Aileen ihm erzählt hatte, dass die Banker eine Hütte bauten, hatte er zwar einen gehörigen Schreck bekommen, dann aber doch gedacht, dass der Wald wohl groß genug sei, dass sie weder den Vogel noch das Gewehr finden würden. Hätten sie entweder das eine oder das andere entdeckt, dann hätten sie es ihm sicher erzählt, statt über den Trockenmauerbau zu philosophieren. Außerdem lag die Hütte ein Stück von der Stelle entfernt, an der er den toten Pfau versteckt hatte, wenn auch nicht so weit weg, wie es ihm lieb gewesen wäre. Aber es war ja offensichtlich gut gegangen. Die sogenannte Hütte allerdings, nun ja, Stadtmenschen, sagte sich der Lord, und noch dazu Büromenschen. Er behielt den Spott, der ihm auf der Zunge lag, für sich, und gemeinsam gingen sie zurück. Wenn er ehrlich war, war er ja selbst ein Schreibtisch-

mensch und in praktischen Dingen ein wenig unbeholfen. Und dass dieser Banker sich für Steinmauern interessierte, fand er charmant. Auch wenn er selbst sich
mehr für Inkunabeln interessierte.

An einer unbewaldeten Stelle blieb der Lord stehen.
Von hier aus hatte man einen herrlichen Blick das Tal
hinauf Richtung Norden, bis in die Highlands, wo bereits seit ein paar Tagen Schnee lag. Das Panorama war
spektakulär, der Lord bekam nie genug von diesem
Blick. Ob sie die kleinen dunklen Pünktchen sähen, die
da so langsam aus den Bergen herunterwanderten,
fragte er die Gruppe und reichte sein Fernglas herum.
Das sei Wild, Rehe und Hirsche, Hunderte von Tieren
oder eher Tausende. Dass sie in solchen Scharen aus
den Highlands herunterkämen, erklärte er, bedeute,
dass es Schnee geben werde. Viel Schnee, der aus dem
Norden kam, aus den Bergen. Normalerweise geschehe
das frühestens im Januar, er könne sich nicht erinnern,
dass das Wild schon einmal im November heruntergekommen wäre, aber jedenfalls seien die Tiere ein zuver-
lässiger Indikator, dass mit größeren Schneemengen zu
rechnen sei. Sie mögen das bitte nicht falsch verstehen,
er wolle die Gruppe keinesfalls loswerden oder so etwas, aber sie sollten doch mal darüber nachdenken,
möglicherweise schon etwas früher abzureisen, vielleicht am nächsten Vormittag, denn er könne durchaus
nicht garantieren, dass sie es am Sonntag überhaupt
noch aus dem Tal hinausschaffen würden. Man wisse

nie, wie lange es dauere, bis der Schneepflug käme und die Straße bis hier herauf geräumt würde. Um die paar Meilen Privatstraße bis zum Village würde Ryszard sich kümmern, aber für den Rest müsse man eben auf den Schneepflug warten. Seine Frau sei bereits dabei, die Vorräte durchzusehen, sie hielten es für gut möglich, dass sie für ein paar Tage eingeschneit würden.

Die Köchin kochte Tee für alle. Sie merkte gleich, dass unter den Bankern ein wenig Aufregung herrschte: Der Lord hatte offenbar größere Mengen Schnee angekündigt. Als Helen hörte, dass er es sogar für möglich hielt, dass sie eingeschneit würden, war ihr erster Gedanke, dass der Pfau dann noch etwas länger abhängen könnte, das würde dem Fleisch auf jeden Fall guttun. Allerdings würde sie das Tier dann auch noch länger vor den Augen der anderen versteckt halten müssen, was schwierig werden konnte. Aber für das Fleisch wäre es wunderbar, und das war die Hauptsache. Wie gut es den Bankern tun würde, noch etwas mehr Zeit miteinander zu verbringen, da war sie sich nicht so sicher.

Die Chefin hätte am liebsten sofort die Koffer gepackt und wäre nach Hause gefahren. So hatte sie sich das Teambuilding nicht vorgestellt, sie hatte sich, wenn sie ehrlich war, gar nicht viel vorgestellt, außer dass sie es gern gehabt hätte, dass der Coach ihren Mitarbeitern klarmachte, wo es langging. Sie selbst hatte mit dem

Team ja eigentlich nichts zu tun, sie war die Chefin. Und jetzt musste sie Schiffe malen und Hütten bauen, während Mervyn fremderleuts Vögel riss. Nein, das lief hier alles nicht gut, sie wäre gern nach Hause gefahren und fühlte sich ungewohnt verzagt. Und weil das gar nicht infrage kam und weil sie sich nicht so schnell geschlagen gab, sagte sie, so schlimm werde es schon nicht werden, sie sehe keinen Grund, früher nach Hause zu fahren. Am Montag war allerdings ein sehr wichtiges Meeting in der Bank, das sich nicht verschieben ließ. Wenn sie tatsächlich eingeschneit würden, hätte sie ein Problem.

Auch David wäre am liebsten abgereist, er hatte ein schlechtes Gewissen und Angst aufzufliegen, nickte aber zu dem, was die Chefin sagte. Sein Mann hatte am Montag Geburtstag, David hatte schon vor Monaten Urlaub für den Tag eingereicht. Sie wollten zusammen nach Cambridge fahren, wo sie sich kennengelernt hatten, erst zu zweit mittagessen und ein wenig durch die Stadt flanieren, nachmittags alte Freunde treffen und abends ins Theater gehen. Er und sein Mann freuten sich seit Wochen darauf.

In Bernards Kopf spukte plötzlich die Fantasie, alle anderen nach Hause zu schicken und sich mit der Chefin allein einschneien zu lassen. Zu Hause wartete niemand auf ihn, und auf die Chefin auch nicht, soweit er wusste. Er pflichtete ihr bei, so schlimm würde es schon nicht werden.

Andrew wäre gern zu seiner Frau und den Kindern nach Hause gefahren und schwieg. Er bemühte sich, nicht die Augen zu verdrehen.

Jim war ohnehin alles recht, er sagte, er habe keine Angst vor Schnee, finde es schön hier, könne aber auch nach Hause fahren. Aber das stand schon gar nicht mehr zur Debatte. Daher schwiegen auch Rachel und Helen, die allerdings beide dachten, dass der Lord so etwas sicher nicht einfach so dahinsagte.

Trotz der etwas angespannten Stimmung waren auch alle noch guten Willens, und so versicherten sie einander, dass das mit dem Schnee unnötige Panikmache sei und es so schlimm schon nicht werden würde, es sei schließlich erst November und ihre Autos so schwach nun auch nicht, und auf den Straßen sei es ja doch meistens halb so wild. Niemand wollte als Feigling vor ein bisschen Schnee dastehen. Sie würden ihr Wochenende also einfach fortsetzen und dann nach Hause fahren wie geplant. Nur Andrew wandte schließlich doch ein, der Lord lebe schließlich schon länger hier und wisse vermutlich, wovon er spreche, und ob es nicht doch ganz klug wäre, auf ihn zu hören. Diese Hirschwanderung sei ja durchaus imposant gewesen, er jedenfalls habe keine Lust, hier länger als nötig festzusitzen. Helen pflichtete ihm bei, aber die Chefin erwiderte prompt, das könne er vergessen, sie hätten dies hier nun mal gebucht, und zwar aus guten Gründen, und jetzt würden sie das auch durchziehen, da bräuchte er sich gar keine Hoffnungen zu machen, schneller nach Hause zu kommen. So kalt sei es im Übrigen gar nicht, das bisschen Schnee würde schon wieder tauen. Sie wunderte sich selbst ein wenig über ihre Heftigkeit. Wahrscheinlich ärgerte sie sich immer noch, dass er sich dem Hüttenbau verweigert und jetzt vermutlich schon wieder recht hatte. Dieser Andrew war schlau, und er ließ sich nicht verbiegen, das imponierte ihr.

Zum Abendessen gab es chinesisches Wokgemüse mit Kokosmilch, eine thailändische Gemüsemischung mit Erdnusssoße und eine dritte, eher japanische Gemüse-pfanne mit Miso, wie Helen den Bankern erklärte, dazu wahlweise Buchweizennudeln oder Klebreis. Sie hatte sogar Stäbchen mitgebracht. Das Gemüse war knackig, die Würzungen ganz unterschiedlich und alle perfekt, und außer Bernard aßen alle mit großem Appetit. Bernard machte sich einen Stapel Toasts. Seine Laune war unterirdisch, nach einem solchen Arbeitseinsatz im Wald wollte er ein ordentliches Steak und Kohlenhyd-rate, aber nicht diesen asiatischen Gemüsepamp. Er war Banker, kein Kaninchen. Kopfschüttelnd machte er sich noch eine Dose Irn-Bru auf. Helen aß ungerührt mit den anderen weiter, sie sah es nicht als ihre Aufgabe an, ihre Menüpläne absegnen zu lassen und Extrawünsche zu erfüllen. Sie hatte sich vorher erkundigt, ob jemand vegetarisch oder vegan lebte oder Unverträglichkeiten hatte, und damit, fand sie, war ihre Pflicht wohl getan.

Bloß weil niemand Vegetarier war, musste es ja nicht jeden Tag Fleisch geben. Wenn dem Herrn aus drei ganz unterschiedlichen Gerichten keins passte, sollte er eben Toast essen.

Helen erkundigte sich nach dem Hüttenbau, sie war ja doch neugierig, wie es gelaufen war. Jim hatte offenbar im Alleingang eine Steinmauer gebaut oder wenigstens damit angefangen. Er wirkte zufrieden, wie immer, hatte merklich seinen Spaß gehabt und, wie er sagte, dabei auch noch etwas über Statik gelernt. Die anderen hatten aus Ästen eine weitere Wand errichtet, aber bevor sie ein Dach von dieser Wand zu einem Holzstapel decken konnten, waren sie nach Hause zurückgekehrt, weil es angefangen hatte zu schneien und die Dämmerung hereingebrochen war und sie alle froren und Hunger hatten und sowieso nicht recht wussten, wie das mit dem Dach gehen sollte. Die Chefin sagte, sie sei schließlich Bankerin, nicht Architektin, und im Übrigen müsse sie Andrew durchaus recht geben, das sei doch Kinderkram, und sie könne eben besser rechnen als basteln. Sie halte ihre Hüttenbauschuldigkeit jedenfalls für getan, auch wenn das Dach noch ausstehe. Rachel hingegen sagte, sie würden mal abwarten, wie das Wetter am nächsten Tag wäre, und dann entscheiden, ob sie die Hütte noch fertig bauten. Liz war beeindruckt von der selbstverständlichen Autorität, die die junge Frau plötzlich ausstrahlte. Rachel hatte es ebenfalls bemerkt und staunte über sich selbst.

Helen konnte sich nicht recht vorstellen, dass die Chefin überhaupt eine große Hilfe gewesen sein sollte, sie vermutete eher, dass sie vor allem Anweisungen erteilt und alles besser gewusst, aber nicht viel Praktisches beigetragen hatte. Und damit lag sie auch nicht falsch.

Andrew konnte es nicht fassen, dass die vier überhaupt mit geraden Wänden gearbeitet hatten und ein Dach darüber decken wollten. Er fragte, warum sie denn um Himmels willen nicht schräge Wände geplant hätten, das sei doch viel einfacher. Sie hätten doch etwas Zeltartiges bauen können, dann hätten sie das Problem mit dem Dach gar nicht erst gehabt. Man hätte beispielsweise einen Baum mit ausladenden unteren Ästen finden können, die man gleich als Dachbalken hätte nutzen können, auf die man dann nur weitere Zweige hätte legen müssen. Liz fauchte, das seien ihr ja gerade die Richtigen, erst nicht mitmachen und es hinterher besser wissen. Es beschämte sie, dass sie nicht selbst auf diese Idee gekommen war, denn er hatte natürlich schon wieder recht. Jim nahm alle Schuld auf sich und sagte, er habe schließlich auf seiner Steinmauer bestanden, und so eine Steinmauer sei nun mal gerade, da habe doch niemand mehr auf schräge Wände kommen können.

Bernard maulte, er habe Schwielen an den Händen, man sei es ja nicht gewohnt, dicke Äste durch den Wald zu schleppen und mit dem Spaten Löcher dafür auszuheben, er sei schließlich kein Bauarbeiter, und ob eine der Damen vielleicht Handcreme dabeihätte. David war einfach still, er hatte sich in sich selbst zurückgezogen; Helen hätte nicht sagen können, ob es an der Kälte lag, am Hüttenbau oder immer noch an der Geschichte mit dem Pfau. Oder schlicht daran, dass er eben so war.

Helen fand, die roten Wangen und die frische Luft stünden allen ganz ausgezeichnet, und wenn sie nicht, mit Ausnahme von Jim, immer noch alle recht mittelprächtig gelaunt gewesen wären, hätte man den Tag glatt für eine gesunde Abwechslung halten können.

Rachel nahm dieses Gespräch zum Anlass, alle nach dem Essen noch kurz zur gemeinsamen Auswertung der Hüttenbauaktion ins Wohnzimmer zu bitten und über die Zusammenarbeit und ihre jeweiligen Rollen im Team zu sprechen. Bei dieser Gelegenheit wurde zum Ausdruck gebracht, dass Jim im Wesentlichen sein eigenes Ding gemacht hatte, und zwar gut und mit Begeisterung; zugegebenermaßen allein und irgendwie abseits der anderen, gleichzeitig aber doch zum Wohle aller. Des Weiteren, dass David und Bernard vor allem Anordnungen der Chefin ausgeführt hatten, die sich mit allzu harter körperlicher Arbeit zurückgehalten hatte. Nichts davon wunderte irgendjemanden. Andrew murmelte leise, das sei ja eine Überraschung, und fing sich einen vernichtenden Blick der Chefin ein. Alle bemühten sich, diese Offensichtlichkeiten vorsichtig und dezent zu formulieren.

David beneidete Jim insgeheim um seine Unabhängigkeit und die Gemütsruhe, mit der er die Allüren der Chefin an sich abprallen ließ. Er erkannte deutlich, dass die Chefin Jim genau deswegen respektierte, brachte selbst aber dennoch kein ähnlich souveränes Verhalten zustande. Er kuschte immer noch, und das wusste er auch, und er wusste ebenfalls, dass das nicht gut war. Und natürlich sagte er das alles nicht, sondern wünschte sich nur still Jims Integrität. Die Chefin ging nämlich sofort in die Defensive und wies darauf hin, dass sie sicher nicht die Chefin habe raushängen lassen, sondern dass sie eben die einzige Frau gewesen sei und die Männer einfach mehr Kraft und außerdem eher einen Bezug zur Natur hätten, das sei also ganz normales Männer- und Frauenverhalten gewesen, David und Bernard seien schließlich wohlerzogene Gentlemen und sie selbst die Arbeit im Wald nicht gewohnt, da könne man sich ja geradezu bei verletzen, die Dinger hätten teilweise Dornen gehabt, und im Übrigen habe sie gefroren. David und Rachel schwiegen betreten, und Bernard stimmte ihr zu. Solche Arbeit könne man einer Dame wirklich nicht zumuten, da habe er ihr die schwereren Dinge gern abgenommen. Liz konnte sich gerade noch beherrschen, nicht zu offensichtlich die Augen zu verdrehen. Jim hingegen räusperte sich und sagte, nun ja, er habe durchaus das Gefühl gehabt, sie habe im Wald recht deutlich klargestellt, wer die Chefin war, als würden die anderen das sonst vergessen. Es sei da keineswegs nur um körperliche Arbeit gegangen. Die Chefin schnappte ein und mahnte an, man möge doch bitte wieder auf die Metaebene zurückkommen, denn immerhin gehe es ja im Kern um ihrer aller Verhalten in der Bank, und dort sei sie nun mal in der Tat die Chefin, und es sei jetzt auch nicht Sinn der Hüttenbauaktion gewesen, daran irgendetwas zu ändern. Und im Übrigen, fügte sie dann doch noch hinzu, gehörten zum Herumkommandieren auch immer zwei, jemand, der kommandiert, und jemand, der sich kommandieren lässt. Bernard wiegelte ab, er habe sich gar nicht herumkommandiert gefühlt, und Jim sagte, von Herumkommandieren habe ja auch niemand gesprochen. David dachte sich seinen Teil, und Rachel begriff endlich und leider auf die harte Tour, warum man ihnen in der Ausbildung immer beigebracht hatte, Teambuilding könne niemals in Anwesenheit einer Führungsperson stattfinden, sondern immer nur mit Leuten, die auf derselben Ebene arbeiteten. Sie hatte es gewusst, und ihr Chef hatte es erst recht gewusst, so langsam glaubte sie wirklich nicht mehr an seine Krankheit. Er hatte es gewusst, und er kannte diese spezielle Chefin, und er hatte ihr, Rachel, diesen Job aufs Auge gedrückt. Und sie hatte sich beweisen wollen. Wie kindisch. Fand sie jetzt. Aber da musste sie jetzt durch, sie würde das schon schaffen und es ihrem Chef zeigen. Und so bat sie, bevor die Sache eskalieren konnte, zum Abschluss noch darum, jeder Einzelne möge doch bitte in einem

Satz zusammenzufassen, was er heute über sich gelernt habe. Alle verdrehten erst mal die Augen. Bernard meldete sich zu Wort und sagte, er habe gelernt, dass man eben nicht auf Knopfdruck aus seiner gelernten Rolle herauskönne, dass es in Schottland verdammt kalt sei und Arbeit im Wald definitiv nicht sein Ding. Die Chefin sagte, sie habe gelernt, dass Spielchen dieser Art insgesamt nicht ihr Ding seien, und schmollte weiter. Andrew, der bis dahin geschwiegen hatte, denn er war ja gar nicht dabei gewesen, fühlte sich in seiner Entscheidung bekräftigt und freute sich, dass er zu Hause geblieben war. Jim schließlich sagte, seine Erkenntnis sei vielleicht nicht besonders neu, aber der Tag habe ihm doch bestätigt, dass man auch im Team auf sein eigenes Herz hören und seinen eigenen Leidenschaften treu bleiben müsse, das sei am Ende nicht nur für einen selbst, sondern wahrscheinlich auch für das Team am besten. David fasste sich ein Herz und murmelte, er habe gelernt, dass er sich, metaphorisch gesprochen, vielleicht auch eine Steinmauer suchen sollte. Diese beiden letzten Aussagen sorgten immerhin dafür, dass Rachel nicht vollends verzweifelte und dass zumindest die Chefin und Andrew noch ein bisschen Stoff zum Nachdenken hatten. Bernard dachte im Allgemeinen sowieso nicht übermäßig viel nach, und wenn, dann nur darüber, wie er sich bei der Chefin beliebt machen konnte. Schließlich wollte er noch Karriere machen, allerdings zweifelte er daran, dass die Psychotante und dieser baufällige Schuppen ihm dabei irgendwie behilflich sein würden. Aber sich zu verweigern, wie Andrew, war ja auch keine Lösung. Und nun ja, es war auch nicht nur der Karriere wegen.

Einer nach dem anderen verschwand kurz. Keiner der Männer hätte es zugegeben, aber sie alle machten heimlich die Heizdecken in ihren Betten an und kehrten mit ihren jeweiligen Getränken aus der Küche zurück. Jim mit Bier, Andrew mit Cider, David mit Rotwein, die Chefin blieb bei Tee, Bernard trank immer noch Irn-Bru und musste sich Witze darüber anhören, ob er nicht innerlich verklebte. Andrew war der Einzige, der die anderen fragte, ob er ihnen noch etwas mitbringen könne.

Jim legte noch ein dickes Scheit in den Kamin und holte seine Gitarre, die er zur heimlichen Belustigung der Chefin mitgebracht hatte. Was sollte das denn werden, hatte sie sich gefragt, Lagerfeuerromantik? *Take me home, country roads?* Das war ja wohl der falsche Kontext, sie waren schließlich zum Arbeiten hier. Teambuilding schön und gut, aber gemeinsames Liedersingen ging wirklich zu weit.

Schon eine Viertelstunde später sah sie das anders. Jim sang von Walfängern und Schiffsunglücken, von unerfüllter Liebe und von erfüllter, von Mord und Selbstmord, und ganz besonders berührend von einem alten Galionsfigurenschnitzer, der einen Stolz und eine Leidenschaft für seinen Beruf empfand, wie sie Liz in letzter Zeit etwas abgingen. Manchmal wünschte sie sich eine ebensolche Leidenschaft für ihre Arbeit, andererseits waren in ihrem Beruf auch Sachlichkeit und ein kühler Kopf vonnöten. *I will carve the music of the wind into the wood.* Klang schön, war aber in der Bank nicht wirklich angesagt. Wobei Jim ja auch seine Leidenschaften hatte, und die kamen der Bank durchaus nicht in die Quere; im Gegenteil, heute Mittag hatte er mit der Steinmauer einen bemerkenswerten Beitrag geleistet, und jetzt stellte sich auch noch heraus, dass er singen konnte.

Nachdem Jim die Gitarre beiseitegestellt hatte, ging einer nach dem anderen ins Bett. Bernard machte noch ein paar Schritte vor die Tür. Es war kalt, es schneite immer noch, Bernard wollte nirgendwohin, nur noch kurz an die Luft. Manchmal brauchte er Luft.

Jemand kam aus dem Wald. Bernard zog sich unwillkürlich in den Schatten an der Hauswand zurück, wo er vermutlich nicht zu sehen war. Zunächst sah er nur einen Schemen, aber schließlich war der Lord zu erkennen. Er trug ein Gewehr über der Schulter. Diese Schotten hatten wirklich seltsame Sitten – welche Tiere jagte man denn nachts? Das Wild, das aus den Bergen heruntergekommen war? Wohl kaum. Außerdem hatte der Lord nichts weiter dabei als das Gewehr, offenbar hatte er gar nichts geschossen. Dann fiel Bernard ein, dass es hier sicher Füchse gab, die es womöglich auf die Pfauen oder die Gans abgesehen hatten. Erst recht bei Schnee, wenn die Kaninchen alle in ihren Bauen waren und kaum noch herauskamen. Füchse waren doch nachtaktiv, oder? Oder hielten Füchse Winterschlaf? Er wusste es nicht, und es war ihm auch egal. Er hoffte, es würde aufhören zu schneien, damit sie am Sonntag wie geplant nach Hause fahren konnten. Der Lord hatte sicher einen triftigen Grund, mitten in der Nacht mit einem Gewehr über der Schulter aus dem Wald zu kommen. Immerhin war es sein eigener Wald.

Als der Lord im Haus verschwunden war, kam Andrew heraus. Was wollte der denn noch draußen? Er rauchte doch schon lange nicht mehr. Andrew sagte, er wolle seiner Frau noch kurz eine Nachricht schicken. Er habe, als die anderen die Hütte bauen waren, hier draußen vor der Tür die Haushaltshilfe der McIntoshs getroffen, und die habe ihm gesagt, es gebe zwar wirklich und wahrhaftig keinen Handyempfang, aber er könne das offene WLAN benutzen. Es reiche allerdings nicht bis in den Westflügel, sondern er musste dafür hinausgehen und in die Nähe von Lady McIntoshs Arbeitszimmer.

Bernard fragte nicht weiter nach, warum Andrew seine Frau erreichen wollte. Vermutlich wollte er ihr Gute Nacht sagen oder so etwas Banales. Es war erst ein paar Wochen her, dass Bernard zufällig in der Nähe gewesen war, als Andrew mit seiner Frau telefoniert hatte. Er hatte sich über ihren Anruf gefreut, obwohl es eigentlich ein unpassender Moment gewesen war, hatte kurz mit ihr gesprochen, gelacht und war unglaublich nett und entspannt mit ihr gewesen. Er hatte geradezu mit ihr geflirtet, so kam es Bernard vor. Dabei waren sie schon seit über zwanzig Jahren ein Paar, ihre Kinder waren bereits im Teenageralter. Bernard hatte die Augen verdreht, blödes Gesäusel, fand er, das war doch wirklich albern nach so langer Zeit. Nicht, dass er es nach kürzerer Zeit weniger albern gefunden hätte.

Aber die Szene hatte ihn beschäftigt. Andrew hatte in Wahrheit keineswegs gesäuselt, dafür war er gar nicht der Typ. Er hatte freundlich und unkompliziert und anscheinend von keinerlei Irritation getrübt mit seiner Frau gesprochen und sich über ihren Anruf gefreut, obwohl es um irgendetwas Alltägliches, Organisatorisches wegen der Kinder gegangen war. In der Bank war er eindeutig weniger entspannt, und er war ja auch sonst kein besonders überschwänglicher Typ. Mit seiner Frau wirkte er ganz anders, gelöst und unbekümmert. Letztlich hatte Bernard sich eingestanden, dass er selbst schon seit Langem nicht mehr so freundlich mit seiner Freundin sprach, sondern in ihrer Gegenwart vielmehr ständig genervt und gereizt war. Ebenso wie sie in seiner. Er fühlte sich von ihr bevormundet, sie sich von ihm übergangen. Wenn einer den anderen anrief, war das meist mit Stress verbunden, mit Vorwürfen, ausgesprochenen oder angedeuteten, oder zumindest mit dem Gefühl, dass womöglich schon wieder ein Vorwurf in der Luft liegen könnte. Ob er sie liebte? Schwer zu sagen. Wohl nicht. Nicht mehr.

Bernard hatte sich kurz darauf von seiner Freundin getrennt und war ausgezogen. Natürlich hatte es sich in der Bank herumgesprochen, aber niemand wusste, dass Andrews Telefonat mit seiner Frau der Auslöser gewesen war. Woher auch? Niemand fragte nach. Und er hätte es natürlich auch nicht erzählt, es ging niemanden etwas an.

Bernard war klar, dass er Andrew wahrscheinlich irgendwie dankbar sein sollte, stattdessen nahm er es ihm aber übel. Andrew war schuld, dass Bernard sich von seiner Freundin getrennt hatte, Andrew war schuld, dass Bernard plötzlich über seine Ansprüche an eine Beziehung nachdachte wie ein Teenager, Andrew war schuld, dass Bernard allein war, und wieso hatte dieser Andrew überhaupt so eine tolle Frau, dass er sie nach all den Jahren offenbar immer noch toll fand und sie ihn auch, das war doch nicht normal.

Bernard ging in sein Zimmer und sprach kaum noch mit David, der im unteren Bett lag und las. Er kletterte schlecht gelaunt ins obere Bett hinauf und hatte die Sache mit dem Gewehr schon beinahe vergessen. Er empfand Neid und Missgunst gegenüber Andrew und war froh, dass er sich nicht mit ihm das Zimmer teilen musste.

Im Bett der beiden Frauen wurde an diesem Abend etwas mehr gesprochen als am Vorabend.

Es schneite die ganze Nacht. Am Morgen zog Liz den Vorhang zurück und bekam schon wieder einen ordentlichen Schreck. Außen auf dem Fenstersims, direkt an der Scheibe, hockte ein riesiges graubraunes Etwas, das einen ebensolchen Schreck bekam wie sie, zusammenzuckte, einen lauten Schrei ausstieß und hinuntersprang. Liz brauchte einen Moment, um zu begreifen, dass das ein Pfauenweibchen gewesen war, und um sich zusammenzureimen, dass es hier an der Scheibe wahrscheinlich etwas wärmer war als da draußen – wobei sie es auch im Zimmer unglaublich kalt fand. Es waren Eisblumen an der Scheibe, deswegen hatte sie die Pfauendame auch nicht gleich erkannt. Die Eisblumen waren wunderschön, so filigran. Sie zog den Vorhang vollends beiseite, und die Schneemenge, die sie hinter den Eisblumen draußen erahnte, trieb sie ins warme Bett zurück.

Liz hatte Vögel noch nie leiden können. Sie ekelte sich vor Vögeln, Vögel stanken und flatterten und brachten Ungeziefer mit, und überhaupt waren sie irgendwie unberechenbar und dumm. Dummheit konnte sie auch nicht leiden. Dummheit und Vögel. Und was war denn hier oben mit den Biestern los? Erst die Sache mit der Gans und ihren Ausscheidungen bei ihrer Ankunft, dann permanent weitere Attacken der aggressiven Gans, wann immer man vor die Tür trat, und dann dauernd diese Pfauen – erst fiel ihr einer auf den Kopf, dann riss Mervyn einen, jetzt klebte einer an ihrem Fenster, das war doch alles nicht normal, da konnte man doch wirklich paranoid werden. Mistviecher.

Dann riss sie sich zusammen. Das war ja albern, die Tiere konnten nichts dafür. Die Gans war eben so, das hatten sie inzwischen ein paarmal erlebt – sie kam laut schnatternd und mit vorgerecktem Kopf angewatschelt, meistens gab Jim ihr dann ein paar launige Widerworte, und sie zog leiser schnatternd wieder ab. Kein großes Ding, die dumme Gans war eben eine dumme Gans. Bei Mervyn lag die Sache schon anders, Liz weigerte sich zu glauben, dass er dumm war, und konnte sich eigentlich nicht erklären, was in ihn gefahren war, diesen Pfau zu reißen. Da musste wohl sein Jagdinstinkt mit ihm durchgegangen sein. Bislang war so etwas noch nie vorgekommen, aber sie lebten ja auch in der Stadt, Mervyn kannte keine Pfauen. Wenn sie es recht bedachte, kannte er gar keine Vögel dieser Größe, vielleicht war es ganz normal, dass er da ein wenig durcheinander war. Und jetzt also die Pfauendame, die fror eben, und das konnte man ihr auch nicht verdenken, es war lausig kalt, sogar hier drin.

Aber der Schnee draußen sah wunderschön aus. Sie hatte aus ihrem Fenster einen herrlichen Blick ins Tal. Noch schneite es, und es war noch nicht richtig hell, sodass sie durch die Eisblumen vor allem ein Gestöber vor weißer Fläche sah, aber wenn es aufhören würde zu schneien und die Sonne herauskam, dann würde dieses Weiß so richtig strahlen. Ob die McIntoshs ein paar Paar Langlaufski zum Verleihen hatten? Das würde sicher mehr Spaß machen, als die blöde Hütte zu bauen.

So, wie es dort draußen aussah, würden sie die Hütte ohnehin nicht mehr weiterbauen. Aber Liz wollte auf jeden Fall raus, sobald es aufhörte zu schneien, und einen schönen Schneespaziergang machen. Sie liebte Schnee. Es beruhigte sie, wenn alles mit dieser sauberen weißen Decke zugedeckt war, die ganze Welt wie neu.

Neben ihrem Bett stand Mervyn und wedelte mit dem Schwanz. Er wollte ebenfalls raus, er wollte immer raus, vor allem direkt nach dem Aufwachen. Liz stellte fest, dass sie sich offenbar erkältet hatte, sie merkte erst jetzt so richtig, dass sie Hals- und Kopfschmerzen hatte und dass ihre Nase verstopft war. Hoffentlich nur ihre Hausstauballergie, dachte sie, aber eigentlich war ihr klar, dass sie sich vorgestern bei ihrer Ankunft schon verkühlt hatte, als sie erst schwitzend spazieren gegangen war und dann frierend unter der Dusche gestanden hatte. Und der Hüttenbau gestern war auch nicht förderlich gewesen, denn auch dabei hatte sie natürlich geschwitzt und dann wieder still dagestanden und gefroren. Aber so schlimm würde es schon nicht werden, Liz war hart im Nehmen und ging davon aus, dass ein kleiner Marsch an der frischen Luft ihr die Erkältung schon aus dem Kopf pusten würde. Sie nahm sich vor, sich heute nicht zu sehr anzustrengen, um nicht wieder so zu schwitzen, sich nicht aufzuregen und sich nicht von Bernard auf die Palme bringen zu lassen. Wenn es nach ihr ging, hätte sie lieber mehr Zeit mit Andrew verbracht.

Im Nebenzimmer wachte Bernard im oberen Bett auf und musste auf die Toilette. Er hätte es vorgezogen, sich zuerst anzuziehen; die Aussicht, im Schlafanzug seiner Chefin auf dem Gang zu begegnen, fand er schockierend. Noch schlimmer wäre es allerdings gewesen, sie im Nachthemd zu sehen. Nein, seiner Chefin sollte man nicht im Nachtgewand gegenübertreten, aber er musste zur Toilette, und zwar zügig. Dummerweise musste er dafür erst mal vom Bett hinunter, das hatte ihm ja am Vortag schon einige Schwierigkeiten bereitet. David unter ihm schien glücklicherweise noch zu schlafen. Bernard wollte vorwärts die Leiter hinuntersteigen, konnte sich hinten aber nicht richtig festhalten, trat ins Leere, versuchte noch, nach dem Bettrahmen zu greifen, und stürzte mit einem Schrei und lautstarkem Gepolter auf den Boden, der erstaunlich weit entfernt war. Unten blieb er etwas benommen liegen. Als er sich langsam aufrappelte, war David natürlich wach und saß erschrocken, aber aufrecht im unteren Bett, die Chefin stand bereits in der Tür, ebenfalls noch im Schlafanzug, dahinter hörte er die Köchin herbeieilen und nebenan Jim aus dem Bett springen. Mervyn kam zu ihm gelaufen und versuchte, ihm durchs Gesicht zu lecken, was Bernard gerade noch abwehren konnte. Gleichzeitig fragte die Chefin, ob alles in Ordnung sei, und erst in diesem Moment ging Bernard auf, dass durchaus nicht alles in Ordnung war, sondern sein Knie ziemlich schmerzte. Als er versuchte aufzustehen, schossen ihm Tränen in die Augen. Wie peinlich. Im Schlafanzug vor der Chefin auf dem Boden zu liegen und flennend nicht mehr hochzukommen, weil man aus dem Stockbett gefallen war. Viel erniedrigender ging es wohl nicht. Kurz überlegte Bernard, ob er gelacht hätte, wenn das jemand anderem passiert wäre, aber in seiner Situation fand er es keineswegs witzig, sondern schmerzhaft und demütigend. Mein Knie, presste er hervor und schaffte es irgendwie, sich auf Davids Bettkante hochzuziehen, wo er sich freiwillig sicher nicht hingesetzt hätte. Schon gar nicht, wenn David noch im Bett lag. Helen kniete sich vor ihn, schob ihm ungefragt das Schlafanzughosenbein hoch und betrachtete sein Knie. Er solle das Bein mal strecken, und jetzt solle er es mal beugen, sie sagte das alles so resolut und routiniert, als hätte sie nie etwas anderes getan, als ramponierte Männerknie zu begutachten. Was vielleicht tatsächlich so etwas Ähnliches war wie ein Stück totes Tier. Bernard streckte und beugte das Bein, so gut es ging, es tat höllisch weh, aber es ging irgendwie, zumindest ein Stück, nichts knirschte oder knackte, und Helen befand, dass er es ruhigstellen und schön kühlen solle, mehr könne man jetzt eh nicht machen, denn wenn sie das richtig sehe, sei der nächste Arzt viele Meilen entfernt und das da draußen jede Menge Schnee. Bernard wurde noch blasser, und die Chefin verzog sich ins Bad. David bot Bernard an, ihm beim Anziehen behilflich zu sein. Bernard zuckte zusammen, er wollte sich durchaus nicht von David anziehen lassen, sah aber ein, dass er es allein nicht schaffen würde und nicht gut die Psychologin um Hilfe bitten konnte. Ganz zu schweigen von der Chefin. Aber erst mal musste er jetzt dringend ins Bad.

Als Liz und Mervyn von ihrer Morgenrunde zurückkehrten, duftete es nach Kaffee und Tee und sogar nach frisch gebackenen Brötchen, und Liz war wirklich eindeutig erkältet. Zudem hatte sich ihre Laune noch ein wenig verschlechtert. Sie hatte den Anblick des Schnees wirklich genossen, aber er lag doch ziemlich hoch und sie hatte nicht das richtige Schuhwerk dabei. Selbstverständlich war nichts geräumt, der Schnee war ihr von oben in die Wanderschuhe gerutscht. Schnee auf dem Land war eindeutig etwas anderes als Schnee in London. Und so war sie gar nicht weit gegangen, sondern hatte mit Mervyn nur eine Runde ums Haus gedreht und dabei gesehen, dass ihr Auto beschädigt war. Offenbar ein seitlicher Steinschlag, sie konnte sich allerdings nicht erinnern, auf der Fahrt hierher etwas gehört zu haben. Aber es waren einige Dellen und abgeplatzter Lack am hinteren linken Kotflügel, als wäre etwas seitlich gegen den Wagen geschlagen. Liz konnte sich überhaupt nicht erklären, wann und wie das passiert sein sollte, das hätte sie doch gemerkt. Seit sie hier angekommen waren, hatte sie den Wagen nicht mehr bewegt, es musste also schon vorher passiert sein. Aber warum hatte sie das beim Auspacken nicht gesehen? Ob sie sich das erklären könnten, fragte sie in die Runde und sah die Männer nacheinander so streng an, dass sie allesamt das Gefühl hatten, bei irgendetwas ertappt worden zu sein, als hätten sie den Wagen ihrer Chefin mit voller Absicht beschädigt. Was sie natürlich nicht hatten. Auch wenn der ein oder andere von ihnen etwas in der Art manchmal gern getan hätte. Alle außer Bernard und Helen gingen hinaus, betrachteten den Schaden und standen ratlos um den Wagen der Chefin herum. Niemand konnte sich erklären, wie das passiert sein konnte.

Mit Ausnahme von Rachel. Rachel dachte sofort daran, wie einer der Pfauen sich auf das blaue Seidenpapier gestürzt hatte, und überlegte, ob so ein Pfau sich wohl auch an einem Auto vergreifen würde. Immerhin war es deutlich größer als er. Sie behielt ihren Verdacht aber für sich, es klang ihr gar zu abwegig, und sie ahnte, dass die Chefin sie dafür nur ausgelacht hätte. Aber sie wollte die Pfauen weiterhin beobachten, immerhin war ihre eigene Jacke leuchtend blau, und sie wusste nicht, ob sie sich vor den Pfauen fürchten sollte. Jedenfalls würde sie nicht allein in dieser Jacke draußen herumlaufen. Beim Hineingehen trat sie auf den toten Affen, der unter dem Schnee nicht zu sehen gewesen war. Ekliges Ding.

Hamish und Fiona McIntosh beobachteten die Gruppe aus sicherem Abstand durch eines der Fenster im Obergeschoss und rührten sich vorsichtshalber nicht. Dann hatten die Banker den Schaden also bemerkt, den der Pfau angerichtet hatte. Ob sie die McIntoshs fragen würden, ob sie etwas darüber wussten? Eher nicht. Hofften sie. Es schneite immer noch, die Räder der Autos waren schon zur Hälfte im Schnee versunken, und die Banker gingen schnell wieder hinein. Wenn es später nicht taute, würden sie morgen ziemlich sicher nicht wie geplant nach Hause fahren können. Und es sah weder nach Tauwetter aus noch danach, dass es bald aufhören würde zu schneien.

Beim Frühstück saß Bernard quer zum Tisch, denn er hatte sein Bein hochgelegt, sah ins Schneetreiben hinaus und maulte, man hätte doch auf den Lord hören und nach Hause fahren sollen, am Ende würden sie wirklich noch hier einschneien und in dieser mittelalterlichen Bruchbude erfrieren. Ob er etwa keine Heizdecke im Bett habe, fragte Helen, fing sich einen bösen Blick ein und machte ihm einen Eisbeutel. Im Kamin knisterte bereits ein Feuer, der Brötchenduft wärmte zusätzlich, die Chefin sah keinen Anlass zu Beschwerden außer ihren eigenen Kopfschmerzen und dem Schaden an ihrem Wagen und riet Bernard, es mal mit einer Tasse Tee und einem warmen Pullover zu versuchen, man sei hier schließlich nicht in der Bank. Die übrigen Männer bemühten sich, den beiden Kranken Frühstück anzureichen und freundlich zu sein.

Nach dem Frühstück schneite es immer noch, das Treiben schien noch dichter geworden zu sein, die Flocken noch größer. Es war nicht daran zu denken, mit dem Hüttenbau weiterzumachen. Der Tag verging mit Flipcharts und Pinnwänden, selbst haftenden Sprechblasen und bunten Klebepunkten, spontanen Statements, Brainstormings, Partnerarbeit und Kritikphasen. Die Banker erstellten an ihren Laptops Organigramme und Flowcharts, visualisierten Arbeitsabläufe, dachten nach, stritten und einigten sich. Bei einem Brainstorming wurden sie zwischendurch sogar kurz albern und lachten, was Rachel ungeheuer erleichterte.

Diese Arbeitsweise lag ihnen allen sehr viel mehr als das Hüttenbauen, es war anstrengend und nervenaufreibend und ihnen rauchten die Köpfe, aber nachmittags bei einem frühen Tee stellten sie fest, dass sie durchaus etwas geschafft hatten. Sie hatten so intensiv gearbeitet, dass sie Helen gebeten hatten, das Mittagessen ein wenig zu verschieben und lieber einen frühen Tee zu machen, was kein Problem gewesen war, denn sie hatte, wie sie sagte, sowieso nur schnell ein paar Sandwiches und Salate gemacht. Die paar Sandwiches waren unglaublich hübsche kleine Brote, teils selbst gebacken, teils gekauft, mit verschiedenen Käsesorten und Fleisch und Fisch und selbst gemachtem Hummus, mit dekorativem frischem Gemüse darauf, Tomaten, Gurken, Kresse, Basilikum, anderen Kräutern, ein Fest für Augen und Gaumen. Die Männer bewunderten die Sandwiches sehr, sie hatten sich ein paar zusammengeklappte Toastscheiben mit Eiersalat vorgestellt, wie es sie im Supermarkt gab, und wären damit auch zufrieden gewesen – im Gegensatz zur Chefin, die schon wieder die Stirn gerunzelt hatte, als sie hörte, es gebe nur ein paar Sandwiches –, aber natürlich machte Helen auch aus ein paar Sandwiches ein Festmahl. Zudem brachte sie auch zwischendurch dauernd Getränke, Obst oder selbst gemachtes Gebäck ins Wohnzimmer, lauter gesunde und leckere Sachen. Sie wurden unglaublich gut versorgt, sogar Bernard musste sich eingestehen, dass es nichts zu meckern gab.

Alle hatten das Gefühl, gut vorangekommen zu sein, auch wenn es noch nicht unbedingt Ergebnisse von der

Art gab, wie sie sie aus der Bank gewohnt waren. Es stand sozusagen noch keine schwarze Null am Ende ihrer Berechnungen, aber was sie gemacht hatten, waren eben keine Berechnungen gewesen, deswegen empfanden sie den Tag auch als erstaunlich anstrengend. Ebenfalls als anstrengend empfanden sie Bernard, der an allem etwas auszusetzen hatte und so ausdauernd nörgelte, dass Jim irgendwann dazu überging, seine Nörgeleien ironisch vorwegzunehmen, sodass Bernard schließlich vollends bockig wurde und verstummte. Das war allen anderen ganz recht, denn so kamen sie entspannter voran. Liz war hin- und hergerissen zwischen ihrer Freude über den Schnee, Kopfschmerzen und aufkommendem Fieber, Verärgerung über den beschädigten Wagen und Bernards schlechte Laune, nur wegen eines verdrehten Knies, der Erinnerung an ihren Ekel vor den Vögeln und einem Staunen über die völlig neu entdeckte Intelligenz, Kreativität und konstruktive Arbeitsweise von Andrew, Jim und David. Womöglich machte das Fieber sie milde. Außerdem bekam sie kaum noch Luft. Und dann diese Kopfschmerzen.

David nahm sich vor, am Abend mit Bernard Schach zu spielen, denn dann würde Bernard sicher gewinnen und sich freuen. Davids Einstellung zu Bernard hatte sich in diesen zwei Tagen ein wenig gewandelt, seine Abneigung war in Mitleid umgeschlagen. Es musste ja furchtbar sein, immerzu so schlecht gelaunt und angespannt zu sein, was für eine schreckliche Vorstellung, was war das denn für ein Leben? Gleichzeitig fragte er sich, ob das Empfinden von Mitleid womöglich ganz besonders arrogant und herablassend war. Dann schob er den Gedanken beiseite, denn Bernard tat ihm tatsächlich leid. Das mit dem Knie war auch wirklich zu blöd, man sah ihm schon an, dass es teuflisch wehtat, es war blau angelaufen und trotz der Eisbeutel, die Helen unermüdlich fertig machte, ziemlich geschwollen. Kein Wunder, dass Bernards Laune im Keller war, und Jims Versuch, das alles ins Lustige zu ziehen, war leider schiefgegangen, für so etwas fehlte Bernard einfach der Humor. David nahm sich noch einen Keks und reichte Bernard auch einen.

Draußen hatte es den ganzen Tag weitergeschneit, aber jetzt hörte es auf, und der letzte Rest Abendsonne kam heraus. Helen war vor dem Tee mit Mervyn draußen gewesen und hatte ihn von der Leine gelassen, denn sie wusste ja, dass er keinen Pfau gerissen hatte und damit auch jetzt nicht zu rechnen war, allerdings hatte er dann tatsächlich einen Fasan gejagt, der sich aber glücklicherweise hinter einen Zaun hatte retten können. Jetzt beim Tee ermunterte sie die anderen, ebenfalls einen Spaziergang zu machen. Sie könnten eine Pause doch sicher gut gebrauchen und es sei wirklich wunderschön draußen. Bernard würde nicht mitkönnen, er hatte immer noch das Bein hochgelegt und einen Eisbeutel auf dem Knie, und auch Liz wollte lieber bei ihrem Ingweraufguss und unter einer warmen Decke bleiben. Es ging ihr quasi stündlich schlechter, sie hatte im Laufe des Tages einen Großteil des mitgebrachten Kleenexvorrats verbraucht, sie hatte Kopfschmerzen und inzwischen ganz sicher Fieber und wollte sich kurz hinlegen. Helen schlug ihr vor, doch ein heißes Bad zu nehmen, sie könne ihr einen Sud aus Kamille, Thymian und Salbei kochen, den sie ins Badewasser geben könne, das würde gegen die aufkommende Grippe helfen. Die Chefin hielt das für Unsinn, sie hätte lieber etwas ordentlich Wirksames zum Einnehmen aus der Apotheke gehabt, aber sie wagte es nicht, Helen zu widersprechen. Eine Apotheke war ja auch gerade nicht greifbar und die Aussicht auf ein heißes Bad in der Tat verlockend. Sie sah die Männer an und sagte, ja, ein heißes Bad wäre sicher schön, ob die Herren ihr dafür wohl ihr Badezimmer ausleihen würden? Oder ob das ihren Badeplan durcheinanderwerfe? Drei der Herren sagten sofort, selbstverständlich könne die Chefin in ihre Badewanne gehen, nur Bernard fand insgeheim, dass es ihr eigentlich recht geschehen würde, wenn man ihr jetzt die Badewanne verweigerte, nachdem sie am ersten Tag so selbstherrlich beschlossen hatte, dass ihr die Dusche gehörte. Aber er brummte nur, ihm sei es ebenfalls egal, auch wenn ihm in Wahrheit mit seinem geschwollenen Knie nicht nach Großherzigkeit zumute war, schon gar nicht der Chefin gegenüber. Gleichzeitig spürte er beinahe eine Art Freude, dass es ihr auch nicht besser ging als ihm, als würde das eine Verbundenheit zwischen ihnen schaffen, die sich auf andere Weise nie hatte herstellen lassen.

Und so verzog Bernard sich schwer humpelnd mit einer nicht gerade aktuellen Zeitung unter dem Arm wieder ins Wohnzimmer, wo noch die Metaplantafeln und Flipcharts mit den Ergebnissen des Tages herumstanden, und die Chefin der Investmentabteilung ließ sich Badewasser ein. Rachel, Andrew, David und Jim nahmen Mervyn an die Leine und gingen hinaus in den Schnee. Als sie am Trampolin vorbeikamen, sagte Rachel, es sei doch schade, dass Schnee darauf liege, sie habe nach dem langen Tag jetzt große Lust, ein wenig Trampolin zu springen. David hätte in der Tat ebenfalls Lust darauf gehabt, es sich aber nicht getraut. Es wäre ihm peinlich gewesen, wenn ihn jemand dabei gesehen hätte. Jim wollte zwar nicht hüpfen, bot jedoch an, den Schnee vom Trampolin zu schieben, aber dafür fehlte ihnen das passende Gerät. Und mit bloßen Händen wollte es dann auch niemand versuchen.

Als die Spaziergänger zum Haus zurückkehrten, trafen sie draußen den Lord und die Lady, die meinten, über Nacht solle noch mehr Schnee fallen und sie sollten nicht damit rechnen, morgen nach Hause fahren zu können. Ob sie genügend Vorräte und alles hätten oder ob sie noch etwas bräuchten? Sie selbst hätten reichlich

Vorräte, und Ryszard könne notfalls mit dem Landrover noch etwas aus seinem Laden bringen, man brauche sich keine Sorgen zu machen. Sie sollten sich einfach melden, wenn sie noch etwas bräuchten. Und sie könnten selbstverständlich zu ihnen in die Küche kommen und das Telefon benutzen, um zu Hause und in der Bank Bescheid zu sagen, dass sie einen Tag länger blieben. Mindestens einen. Aber am Montag solle es schon wieder tauen.

Die vier bedankten sich für das Angebot, das sie sicher noch annehmen würden, und erzählten den McIntoshs von Bernards geschwollenem Knie und der Erkältung ihrer Chefin. Sie bekamen eine elastische Binde, eine abschwellende Salbe, ein paar Kühlakkus, Schmerz- und Grippemittel. Sie könnten nötigenfalls auch versuchen, Bernard mit dem Landrover ins Dorf zum Arzt zu schaffen, aber das, sagte Hamish, würde heute tatsächlich ziemlich abenteuerlich werden. Hier oben kämen die Geländewagen zwar einigermaßen zurecht, aber bis ins Dorf sei es bei dieser Witterung auch mit dem Landrover kaum zu schaffen, es gebe da unterwegs einen etwas steileren Nordhang, den sie ungern ausprobieren würden. Die Gruppe fand aber ohnehin, dass das mit Bernards Knie nicht ganz so schlimm sei, immerhin konnte er noch humpeln, das würde schon wieder werden. Die Köchin hatte Bernard Kohlwickel angeboten, aber die hatte er augenrollend abgelehnt. Was sie nicht überrascht hatte.

Und im Übrigen, sagten die McIntoshs, seien sie sozusagen als Entschädigung fürs Einschneien auch herzlich eingeladen, den Hot Tub zu benutzen, der am Ende der großen Rasenfläche hinter den Bäumen stand. Den hatten sie noch gar nicht entdeckt, freuten sich aber über die Erlaubnis. Die Lady sagte, sie hätten reichlich Bademäntel, die sie gerne ausleihen könnten. Bei dem Schnee könne man dort nirgends seine Sachen ablegen, es sei nichts überdacht oder so. Sie sollten am besten nur im Bademantel und mit Wanderschuhen hingehen und sich Plastiktüten mitnehmen für die Bademäntel. Einfach den Deckel zurückklappen, das Wasser sei warm.

Helen freute sich über die Nachricht, dass sie am nächsten Tag tatsächlich nicht wegkommen würden. Sie hatte damit schon gerechnet und den Pfau nicht vorbereitet, er hing nach wie vor in der Speisekammer. Dann konnte er dort jetzt wenigstens noch einen Tag länger hängen, was ihm guttun würde.

Liz lag immer noch in der Wanne. Es war herrlich warm, sie lag einfach nur da und tat nichts. Sie hatte ein bisschen gelesen, das Buch dann aber beiseitegelegt und sah nun aus dem Fenster zu, wie es draußen langsam dunkel wurde. Das einzige Geräusch, das sie hörte, war der Boiler, der die nächste Ladung Wasser für den nächsten Badewilligen erhitzte. Zweimal ließ sie selbst noch heißes Wasser nachlaufen, das Bad tat ihr gut. Erst als es draußen bereits stockfinster war, hörte sie die anderen zurückkommen, aber sie wollte noch nicht aufstehen, sie wollte einfach noch ein bisschen im warmen Wasser liegen bleiben, obwohl ihre Finger schon schrumpelig wurden. Immerhin bekam sie durch den heißen Kräuterdampf etwas besser Luft.

Helen klopfte vorsichtig an. Jaja, rief Liz, es sei alles in Ordnung, sie wolle nur noch einen Moment im Wasser bleiben. Andrew lasse höflich anfragen, ob er vielleicht im anderen Bad die Dusche benutzen dürfe, rief Helen durch die geschlossene Tür, und die Chefin rief zurück, herrje, natürlich dürfe er das. Irgendwie verstand sie selbst nicht mehr ganz, wieso sie die Bäder bei ihrer Ankunft so kategorisch aufgeteilt hatte, das war bei einer Gruppe erwachsener Menschen ja doch ein wenig albern, so eine Teambuildingmaßnahme war schließlich keine Klassenfahrt.

Rachel und die Männer waren lange draußen gewesen und jetzt gründlich durchgefroren. Sie machten in allen Zimmern die Heizlüfter an. Helen setzte noch einmal den Wasserkocher mit Teewasser für alle auf, auf dem Herd köchelte schon wieder eine Suppe, Andrew duschte mit dem neuen Durchlauferhitzer, der Boiler im anderen Bad erhitzte neues Wasser für die Badewanne, und Jim hatte schon wieder so einen Appetit. Er ging in die Küche, Helen gab ihm zwei Scheiben Toast, und als er den Schieber des Toasters hinunterdrückte, gab es einen lauten Knall, und dann war alles dunkel.

Jim zuckte zusammen. Das sei wohl er gewesen, sagte er und fragte Helen, die neben ihm stand, ob sie wisse, wo der Sicherungskasten sei.

Helen zuckte zusammen und sagte, da seien so Dinger in der Speisekammer, hoch oben unter der Decke, aber das sehe ihr eher prähistorisch aus. Sicher sei das längst nicht mehr in Betrieb und es gebe irgendwo einen neueren Sicherungskasten.

Liz zuckte zusammen und blieb liegen. Da war wohl eine Sicherung rausgeflogen, die anderen würden den Sicherungskasten schon finden und sie wieder reindrücken. Sie würde jetzt sicher nicht im Stockdunkeln versuchen, aus der Wanne zu steigen, sich abzutrocknen, ihre Sachen zusammenzusuchen und so weiter.

Andrew zuckte gleich zweimal zusammen; einmal, als es knallte und dunkel wurde, und dann, als sein Duschwasser plötzlich eiskalt war. Er stieg fluchend und vorsichtig aus der Dusche, tastete nass und nackt nach seinem Handtuch, das auf dem Boden lag, und als er sich wieder aufrichtete, knallte er mit dem Hinterkopf unter die Tür des Wandschränkchens über dem Waschbecken, die lautlos aufgegangen war. Er jaulte auf, trocknete sich ab, zog sich frierend an und stellte fest, dass ihm eine Beule wuchs.

Bernard zuckte auf dem Sofa im Wohnzimmer zusammen. Er hatte ein bisschen Angst im Dunkeln, aber das Kaminfeuer brannte ja, es war also gar nicht so dunkel. Sein Knie schmerzte, er zog seine Decke um sich und blieb liegen. Darum sollten sich doch bitte die anderen kümmern, er würde schön stillhalten und ins Feuer sehen.

David zuckte in seinem Zimmer zusammen, wartete kurz ab, ob jemand etwas sagte, und rief dann, er würde sein Handy sicher gleich finden, das könne ihnen zumindest ein bisschen Licht geben, bis sie die Taschenlampe gefunden hätten, die der Lord ihnen für den Fall gegeben hatte, dass sie nachts noch mal nach draußen wollten. Helen rief zurück, in einer Küchenschublade seien auch Kerzen, ob Bernard im Wohnzimmer Streichhölzer habe.

David fand sein Handy und leuchtete sich den Weg zur Haustür, wo irgendwo die Taschenlampe sein musste. Der Schnee draußen reflektierte außerdem das bisschen Restlicht, langsam gewöhnten sich ihre Augen an die Dunkelheit, und sie sahen alle wieder ein bisschen was.

Helen suchte die Kerzen, Jim tastete sich ins Wohnzimmer zu Bernard, der immer noch auf dem Sofa lag und ihm sagte, die Streichhölzer lägen auf dem Kaminsims ganz links. Aus dem Badezimmer hörten sie Andrew fluchen.

Rachel kam aus ihrem Zimmer, beleuchtete sich ebenfalls mit ihrem Handy den Weg und holte Jim damit aus dem Wohnzimmer ab. In der Küche zündeten sie ein paar Kerzen an, und als Jim gerade mit einer Kerze in der Hand in die Speisekammer gehen wollte, um sich die Sicherungen anzusehen, kam auch David mit der Taschenlampe.

Helen wollte verhindern, dass Jim sich die Sicherungen ansah, denn in der Speisekammer hing auch der Pfau, der eindeutig größer war als ein Fasan, daran war nicht zu rütteln. Jim war nicht blöd, er würde sich schnell wundern, dass da ein so großer Vogel hing, und seine Schlüsse ziehen. Helen hatte auf ein, zwei Fragen zum Speiseplan stets geantwortet, sie sollten sich überraschen lassen, und sie war nicht mehr sicher, ob sie womöglich Andrew gegenüber erwähnt hatte, dass es Fasan geben sollte. Und ob er es womöglich schon herumerzählt hatte. David war ebenfalls nicht blöd, er schaltete glücklicherweise schnell genug, dass niemand außer ihm und Helen den Pfau sehen sollte, und ging selbst in die Speisekammer zum Sicherungskasten. Er hing ziemlich hoch oben, und David konnte ihn im Kerzenschein nicht richtig erkennen. Was er dort sah, schien ihm aber so alt, das konnten unmöglich die aktuellen Sicherungen sein, es musste irgendwo neuere geben. Jim warf schließlich doch noch einen Blick auf die Sicherungen, bemerkte den Pfau aber anscheinend nicht. Er hing glücklicherweise an der den Sicherungen gegenüberliegenden Wand, fast hinter der Tür.

Jim und David zogen mit einer Kerze und der Taschenlampe durch den Westflügel, fanden aber keinen moderner aussehenden Sicherungskasten und beschlossen, den Lord zu fragen, möglicherweise gab es ja irgendwo zentrale Sicherungen. Erst jetzt kam ihnen in den Sinn, dass bei den McIntoshs womöglich auch der Strom ausgefallen war, aber das war nicht der Fall, dort war Licht in den Fenstern. Helen und Rachel tropften derweil in der Küche ein paar Kerzen auf Untertassen und verteilten sie im Raum. Rachel brachte Bernard eine Kerze ins Wohnzimmer, auch wenn das Feuer dort genügend Licht spendete, aber sie fand, er könne eine nette Geste gebrauchen. Auf dem Rückweg hatte sie selbst kein Licht mehr und musste sich den Gang entlangtasten, wobei sie beinahe ein Bild von der Wand fegte. Dann stellte sie Andrew und der Chefin Kerzen vor ihre Badezimmertüren und rief ihnen durch die Tür zu, sie sollten beim Rauskommen nicht darüber stolpern. Andrew war inzwischen halb angezogen und brummte einen Dank durch die Tür, Liz verkündete, sie würde einfach in der Wanne bleiben, bis es wieder Licht gab.

Zunächst wollte sie aber noch einmal warmes Wasser nachlaufen lassen und stellte fest, dass keins mehr da war. Sie hatte endgültig den gesamten Boilerinhalt verbraucht, und neues wurde jetzt nicht mehr aufgeheizt. Wenn sie liegen bleiben wollte, dann sollte es wohl besser schnell wieder Strom geben, aber das konnte ja auch kein Hexenwerk sein.

Nur, dass es das doch war. Jim und David klopften bei den McIntoshs hinten an die Küchentür. Die Lady öffnete ihnen und bat sie herein, draußen schneite es schon wieder, und der Schnee wehte in die Küche. Sie schloss die Tür hinter den beiden, die schnell versicherten, nicht bleiben zu wollen, sondern nach dem Lord fragten, bei ihnen im Westflügel sei nämlich eine Sicherung rausgeflogen, und sie hätten den Sicherungskasten nicht gefunden, wo der denn wohl sei? Lady Fiona schnaubte innerlich ein bisschen über die unemanzipierten Städter. Der Lord, erklärte sie, sei Altphilologe, es könne niemand wollen, dass er sich an den Sicherungen zu schaffen mache. Dass sie selbst Ingenieurin war, behielt sie für sich. Hamish war zwar in der Lage, einen Pfau zu erschießen, aber darüber hinaus ging ihm jegliches Technikverständnis ab. Was sie ebenfalls für sich behielt. Die Sicherungen, sagte sie, befänden sich in der Speisekammer, und sie seien, nun ja, nicht ganz so alt wie das gesamte Haus, aber doch einigermaßen betagt, und das bedeute, dass die Sicherung keineswegs hinausgeflogen sei, sie sei vielmehr durchgebrannt. Was keine besonders gute Nachricht sei, denn diese historischen Sicherungen seien nur noch schwer zu bekommen, und die letzte, die sie noch vorrätig gehabt hätten, hätten sie neulich an einer anderen Stelle gebraucht. Sie müsse also versuchen, das Ganze mit einem Stück Weidedraht zu überbrücken, sie könne aber nichts versprechen. Man brauche jetzt eine vernünftige Taschenlampe, ein Stück Draht, Werkzeug und den Gaslötkolben, Aileen würde ihr sicher helfen, die Sachen zusammenzusuchen. Glücklicherweise hatte der

Hauptteil des Hauses seinen eigenen Stromkreislauf, der nicht mit dem des Westflügels zusammenhing, sodass es hier noch überall Licht gab. Und zwar mit 230 Volt. Der Westflügel laufe noch auf 110 Volt, erklärte sie, es sei höchste Zeit, dort mal die komplette Elektrik zu erneuern, aber nun ja, das sei eben auch eine Kostenfrage. Die meisten Elektriker jedenfalls könnten mit den alten Sicherungen und 110 Volt heute gar nicht mehr umgehen. Was sie nicht erwähnte, war, dass sie, um an den Sicherungskasten zu kommen, auf die Leiter würde steigen müssen. Eine durchgebrannte Sicherung mit einem Stück Weidedraht zu überbrücken, war kein Problem für sie. Aber sie hatte ein wenig Höhenangst.

Kurz überlegte Lady McIntosh, ob sie die ganze Gruppe umquartieren sollte, entschied sich aber dagegen. Keines der Cottages war groß genug für alle, sie hätten die Leute auf mehrere, meilenweit voneinander entfernte Cottages verteilen müssen, Aileen war nicht einsatzfähig, und die Cottages waren nicht alle fertig. Ganz zu schweigen davon, dass sie nicht geheizt waren und überall so viel Schnee lag, dass sie mit den Autos gar nicht hingekommen wären. Sie hätte Ryszard um Hilfe bitten müssen, es wäre alles deutlich umständlicher gewesen, als die durchgebrannte Sicherung zu überbrücken. Die höflichen Banker entschuldigten sich zum x-ten Mal für die Umstände, es tue ihnen wahnsinnig leid, wahrscheinlich hätten sie einfach zu viele Geräte auf einmal benutzt, mehrere Heizlüfter, den Durchlauferhitzer, den Boiler, den Herd, den Wasserkocher, den Toaster, das sei wohl zu viel für die Hauselektrik gewesen, darüber hätten sie gar nicht nachgedacht. Und ob sie sich irgendwie nützlich machen könnten. Aileen half, ein paar Dinge zusammenzusuchen, sie wusste, wo alles war, konnte aber mit dem eingegipsten Arm wenig tun und musste sich darauf beschränken, Anweisungen zu geben. Die Banker halfen ihr nach Kräften.

Im Westflügel fürchtete Helen inzwischen genau das: dass womöglich doch die uralten Sicherungen die aktuellen waren und dass folglich jemand in die Speisekammer schauen und den gerupften Pfau sehen würde. Sie zog ihre Schürze aus und hängte sie im Schummerlicht der Kerzen, das aus der Küche in die Kammer fiel, so neben den toten Vogel, dass er halb dahinter verschwand, und hoffte, dass ihm niemand Beachtung schenken würde. Bislang hatten alle gern und mit gutem Appetit gegessen, aber dem Inhalt der Speisekammer keine besondere Neugier entgegengebracht. Alle aßen, was auf den Tisch kam. Mit Ausnahme von Bernard natürlich.

Im ziemlich dunklen Badezimmer lag die Chefin der Investmentabteilung in der Wanne und merkte, dass das Wasser langsam kalt wurde. Dann ging ihr auf, dass auch der Heizlüfter und der Handtuchwärmer nicht mehr gehen würden und die Luft im Bad folglich auch bereits kalt sein würde und sie schleunigst aus der Wanne steigen, sich abtrocknen und warm anziehen sollte. Und dann einen schönen heißen Tee.

Draußen fiel jetzt etwas Mondlicht auf den Schnee, sodass auch im Bad ein sanfter Lichtschimmer war. Es schneite jetzt nicht mehr so dicht. Frierend stieg Liz aus der Wanne und griff nach ihrem Handtuch. Sie rubbelte sich ab, tastete nach ihren Kleidern und zog sich im Dunkeln zügig an. Sie fror schon wieder, ihre Nase war sofort wieder verstopft, und sie hatte immer noch Kopf- und Halsschmerzen. Sie würde jetzt mit einem Tee ins Bett gehen, beschloss sie, und dann fiel ihr ein, dass es ohne Strom wohl auch keinen Tee geben und die Heizdecke im Bett nicht funktionieren würde. Ebenso wenig wie der Föhn. Mit einer solchen Erkältung mit nassen Haaren ins Bett zu gehen, klang nicht nach einer guten Idee. Vielleicht sollte sie sich besser mit einem Handtuch um den Kopf in ihre Bettdecke wickeln und vors Kaminfeuer setzen. Zu den Männern, die ihre Mitarbeiter waren. Zu Bernard mit dem geschwollenen Knie. Wie sah das denn aus?

Andrew hatte sich im anderen Badezimmer inzwischen angezogen, die Kerze vor seiner Badezimmertür dann doch umgestoßen, sodass etwas Wachs auf den Teppichboden getropft war, und war zu den anderen in die Küche gegangen. Auch er fror, und auch ihm ging erst im letzten Moment auf, dass es wohl gerade keinen heißen Tee geben würde.

Als Jim und David mitsamt der Lady gerade loswollten, zurück in den Westflügel, kam Ryszard in seinem Geländewagen an, der dem Schnee noch einigermaßen gewachsen war, und brachte der Lady sechs Eier und etwas Gemüse, um das sie ihn telefonisch gebeten hatte. Außerdem wollte er sich vergewissern, dass alles in Ordnung war. In einer so kleinen Gemeinschaft gab man aufeinander acht. Er berichtete, er habe den Schnee von seinem Schuppendach geschoben, damit es nicht durchbrach, woraufhin Lady McIntosh nachhakte, ob er sich dabei auch gut abgesichert und sich nicht der Gefahr ausgesetzt hatte, vom Schuppendach zu fallen oder mitsamt dem Schnee einzubrechen. Ryszard flunkerte bei seiner Antwort ein wenig, damit die Lady sich keine Sorgen machte, und wie erwartet bat sie ihn daraufhin, doch vielleicht auch von ihrem Garagendach den Schnee zu räumen, wenn er noch einen Moment Zeit habe. Sie könne das natürlich sonst auch selbst machen. Selbstverständlich würde er das gern tun, sagte Ryszard, aber ob er sich nicht vielleicht erst mal um die durchgebrannte Sicherung im Westflügel kümmern solle, er müsse dort sowieso noch den Einkauf vom Vortag abrechnen. Ryszard war ein freundlicher Mensch, und er wusste genau, dass die Lady überhaupt kein Problem damit gehabt hätte, ein Stück Weidedraht an die Sicherung zu löten, dass sie aber nicht gern auf die Leiter stieg. Plötzlich wollte auch Aileen mit in den Westflügel, sie war gern in Ryszards Nähe, schob aber vor, sie könne sich ja vielleicht noch nützlich machen und nach den Kranken sehen oder so. Außerdem wollte sie sich vergewissern, dass die Banker den Hund nicht schon wieder schlecht behandelten.

Und so zogen Ryszard, Lady McIntosh, Aileen, David und Jim mit einem kleinen Werkzeugkasten und allerhand Taschenlampen und Petroleumlämpchen wieder in den Westflügel, wo Helen, Rachel und Andrew bei Kerzenschein in der Küche auf sie warteten, Bernard immer noch im Wohnzimmer auf dem Sofa lag und ins Feuer sah und die Chefin eben aus dem Bad kam, ein Handtuch um die nassen Haare gewickelt, und fragte, ob noch Kleenex da seien. Sie klang jetzt richtig krank und sah auch so aus, soweit man das im Dunkeln erkennen konnte.

Ryszard trat in die Speisekammer. Helen wandte sich ab, sie wäre gern in ein Mauseloch verschwunden. Sie wollte nicht mitansehen, was passierte, wenn er oder die Lady den toten Pfau entdeckten. Aber noch war es dunkel in der Speisekammer. Ryszard stellte die Leiter in der Speisekammertür auf, ließ sich von Jim mit der Taschenlampe den Sicherungskasten beleuchten, drehte die durchgebrannte Sicherung heraus und setzte sich damit an den Tisch. Was eine kleine Erleichterung war, aber er würde noch einmal in die Kammer müssen, um sie wieder reinzudrehen.

Aileen reichte Ryszard mit links das Werkzeug an, denn sie wusste, was im Werkzeugkasten wo war, und die Lady erklärte dem neugierigen Jim währenddessen, wie es funktionierte, mit dem alten Stromnetz mit 110 Volt und dem neuen mit 230, wie das alles zusammenhing und miteinander korrespondierte oder eben nicht.

Die Männer waren beeindruckt von der Kompetenz der Lady, Liz hingegen vor allem von Jims Wissbegier. Aber diese Grippe machte ihr wirklich zu schaffen. Sie fragte Helen, ob noch Ingwer da sei und ob sie ihr, wenn es wieder Strom gab, wohl noch eine Kanne Aufguss ans Bett bringen würde. Ingwer sei noch ein wenig da, aber nicht mehr sehr viel, sagte Helen, sie könne ihr aber auch gern ein paar Orangen auspressen, Vitamine seien immer gut. Lady McIntosh versprach, gleich in ihren Medikamentenschrank zu gucken, da würde sich bestimmt noch etwas gegen grippale Infekte finden. Und Ingwer hätte sie ebenfalls noch reichlich, den könnten sie ebenfalls haben. Und ob sie noch genügend Kleenex hätten. Bei der Gelegenheit fragte sie auch gleich nach, wie es denn dem anderen Kranken und seinem Knie gehe, und Aileen klopfte an ihren Gips und bemerkte, das sei ja das reinste Lazarett hier, aber außer ihr war niemandem so recht zum Scherzen zumute. Andrew sagte, apropos: ob es noch Eis gebe, er habe sich im Bad so fürchterlich den Hinterkopf gestoßen, dass ihm dort gerade eine ziemliche Beule wachse. Aileen verkniff sich mit Mühe das Lachen, und Helen bat ihn, kurz zu warten, bis es wieder Licht gab, dann würde sie ihm einen Eisbeutel machen. Und für Bernards Knie gleich einen mit. Alle froren, eigentlich wollten alle lieber an eine heiße Suppe denken als an Eisbeutel. Die Suppe wurde gerade auf dem Herd kalt.

Liz entschuldigte sich in aller Form, wünschte einen angenehmen Abend und verabschiedete sich ins Bett. Da sei sie wohl besser aufgehoben, schnaufte sie. Ihre Nase war schon ganz wund geputzt, bestimmt würde sie als Nächstes Herpes bekommen, das kannte sie schon. Überhaupt fand sie es blöd, jetzt hier krank zu werden, sie hatte doch mit ihren Männern arbeiten und nicht unbrauchbar im Bett liegen und sich bedienen lassen wollen. Sie war sonst nie krank und dies ein wirklich ungünstiger Zeitpunkt, um damit anzufangen, immerhin war sie die Chefin, wie sah das denn aus, wenn sie sich jetzt einfach ins Bett legte? Aber es ging nicht anders, zu Bernard aufs Sofa zu gehen, war auch keine Lösung, sie hatte jetzt ziemlich sicher Fieber und schon ganz weiche Knie. Außerdem war ihr kalt. Sie nahm eine Kerze mit in ihr Zimmer, stellte sie ins Fenster, breitete die Tagesdecke über ihre beiden Bettdecken und legte sich hin.

Mervyn war verwirrt, er lief hin und her, merkte, dass irgendetwas nicht stimmte, und wunderte sich, dass niemand Licht anmachte und wieso sein Frauchen ins Bett ging, bevor er sein Abendessen bekommen hatte. Er stellte sich vor ihr Bett, sah sie erwartungsvoll an, wedelte probeweise ein bisschen mit dem Schwanz, aber sie murmelte nur, er solle sich hinlegen. Mervyn gehorchte, verstand aber nicht, warum er vor dem Schlafengehen nichts zu essen bekam und warum er überhaupt jetzt schon schlafen sollte. Nicht, dass er etwas gegen das Schlafen zu allen möglichen Tageszeiten gehabt hätte, aber hier stimmte doch etwas nicht. Vielleicht konnte er die Frau in der Küche später noch um etwas zu essen bitten, das schien ihm eine höchst patente Person zu sein. Sie war die Einzige, die ihn hier von der Leine ließ. Außerdem roch sie gut.

Ryszard lötete unter beträchtlicher Gestankentwicklung ein Stück Draht in die Sicherung. David fragte, was denn jetzt passieren würde, ob die Sicherung wieder funktionsfähig sei oder ob sie irgendetwas beachten müssten. Jim leuchtete mit der Taschenlampe den Sicherungskasten an, der ausgenommene und küchenfertige Pfau hing schräg hinter ihm und war zur Hälfte von der Schürze der Köchin verdeckt, und Ryszard erklärte, sie sollten jetzt bitte umso vorsichtiger sein, denn der Draht, den er angelötet habe, sei viel dicker als der eigentliche Sicherungsdraht. Das bedeute, er würde nicht durchbrennen; wenn die Leitungen zu stark belastet wären, würden sie schlimmstenfalls anfangen zu glühen und dann zu brennen. Was so eine Sicherung normalerweise verhindere. Dabei drehte er die notdürftig reparierte Sicherung wieder hinein, und auf einen

Schlag gingen die Lichter wieder an, das Radio in der Küche, die Heizlüfter, Heißwasserbereiter und Heizdecken. Gemeinsam beschloss man, ein paar Heizlüfter auszumachen, sich erst mal auf das Heizen von Küche und Wohnzimmer zu konzentrieren, wo das Kaminfeuer eigentlich schon genug Wärme spendete, und fortan darauf zu achten, wie viele Elektrogeräte gerade liefen, bevor man noch eins anschaltete. Einen Kabelbrand wollte wirklich niemand riskieren. So waren sie alle in Gedanken mit der Elektrizität beschäftigt, niemand schenkte dem toten Pfau in der Speisekammer Beachtung. Andrew und Jim hatten nur Augen für die alten Sicherungen gehabt und den Vogel möglicherweise nicht mal bemerkt. Helen atmete auf und fragte Ryszard, was sie ihm denn für das Gemüse schuldig sei, das sie aus seinem Laden geholt hatte. Sie fing ein Gespräch über den Gemüseanbau an, was er wann und wie züchte und was er noch dazukaufe und wie das alles planbar sei, schloss dabei unauffällig die Tür zur Speisekammer und machte sich daran, Andrew einen Eisbeutel für seine Beule zu machen. Das war gerade noch mal gut gegangen.

Zum Abendessen gab es eine Suppe, die sie alle wieder aufwärmte, dann ein köstliches selbst gemachtes Steak Pie mit viel frischem Gemüse, Kartoffeln und dunkler Soße mit Rotwein, Rosmarin und Thymian. Und zum Nachtisch ein Trifle, das Jim zu einem spontanen Heiratsantrag veranlasste. Die Chefin lag im Bett. Sie freute sich über den Teller Suppe, den Helen ihr brachte, und aß ihn leer. Danach schlief sie sofort vollkommen erschöpft ein. Als die Köchin ihr das Hauptgericht bringen wollte, schnarchte sie bereits nicht sehr damenhaft. Helen ließ sie schlafen. Die Männer kamen ihr ohne ihre Chefin ein wenig entspannter vor, aber vielleicht war das auch die Wirkung des Schnees oder des gemeinsam überstandenen Abenteuers mit dem Stromausfall.

Nach dem Abendessen sagte David, er würde gern das Angebot der Lady annehmen, den Hot Tub zu benutzen. Ob jemand mitwolle? Rachel sagte spontan Ja, dann fiel ihr ein, dass wohl keiner von ihnen Badekleidung dabeihatte und man folglich nackt ins Wasser steigen müsste. Also, wenn es ihm nichts ausmache, fügte sie schnell hinzu, denn, also ... und David beeilte sich zu sagen, es mache ihm selbstverständlich nichts aus. Zur allgemeinen Überraschung schloss Andrew sich den beiden an. Jim und Helen wollten bleiben, wo sie waren, und Bernard, den sie der Höflichkeit halber auch noch fragten, verdrehte nur die Augen. Er legte sich wieder aufs Sofa, den Eisbeutel aufs Knie, und starrte ins Feuer. Jim brachte ihm noch eine Kanne Tee. Lady McIntosh hatte außerdem ein paar Bücher und Zeitschriften vorbeigebracht, und so fand er es eigentlich ganz gemütlich, und seinem Knie ging es auch schon etwas besser. Immerhin war er beweglich genug, um gelegentlich ein Holzscheit nachzulegen.

David, Andrew und Rachel liehen sich von den McIntoshs Bademäntel und große Handtücher aus und stapften nur mit diesen Bademänteln und Wanderstiefeln bekleidet über die verschneite Rasenfläche. Mervyn hatten sie weisungsgemäß an der Leine. Rachel dachte, dass im Vergleich zur Stimmung bei ihrer Ankunft und in Anbetracht der Tatsachen, dass sie ungeplant einen Tag länger bleiben mussten, dass Bernards Knie offensichtlich beträchtlich schmerzte, dass die Chefin nicht nur ein wenig verschnupft war, sondern eine ernsthafte Grippe hatte und dass hier überhaupt nicht der gewohnte Luxus herrschte, sondern alles deutlich einfacher und improvisierter war als bei den

Bankern zu Hause, die Stimmung eigentlich doch verblüffend entspannt war. Hier und da kam noch mal eine
kleine Gereiztheit hoch, aber insgesamt waren doch alle
friedlich, teilweise geradezu gut gelaunt und vor allem
deutlich weniger angespannt als zu Beginn. Was sicher
nicht zuletzt Jim und Helen zu verdanken war, deren
unerschütterliche Vergnügtheit sich langsam, aber sicher auf die anderen zu übertragen schien.

David bekam auf dem Weg zum Hot Tub ein etwas
schlechtes Gewissen, weil ihm wieder einfiel, dass er
mit Bernard hatte Schach spielen wollen. Nun lag
Bernard immer noch allein auf dem Sofa, aber vielleicht
setzte Jim sich ja zu ihm. Falls er nicht lieber bei Helen
blieb, die sicher die angenehmere Gesellschaft war. Seit
Bernard sich von seiner Freundin getrennt hatte, war
seine Laune zwar manchmal besser, aber jetzt mit dem
schmerzenden Knie war sie ins Bodenlose gesunken,
und er war nur schwer zu ertragen. Auf dem Weg über
die große, verschneite Rasenfläche sackten sie so tief
ein, dass ihnen von oben Schnee in die Wanderstiefel
rutschte. Es war kalt und nass und kitzelte, und David
fing an zu kichern. Rachel stimmte ein, selbst Andrew
war irgendwie amüsiert. Sie gingen etwas schneller, um
nicht vollkommen durchgefroren am Hot Tub anzukommen, wodurch noch mehr Schnee in ihre Schuhe
rutschte und sie noch mehr kichern mussten. Ihnen
war kalt, aber sie hatten Spaß. Und beschlossen gemeinsam, dass Mervyn bestimmt nicht noch einen

Pfau und auch sonst nichts reißen würde, und ließen ihn von der Leine. Wenn er neben dem Hot Tub still sitzen musste, solange sie darin waren, würde ihm ja ebenfalls kalt werden, es war sicher besser, wenn er sich ein wenig bewegen konnte. Sie fühlten sich geradezu verwegen bei diesem Beschluss.

Bis sie in der Dunkelheit herausbekommen hatten, wie man die Verschlüsse des Deckels auf dem Hot Tub handhabe und ihn zurückklappte, war ihnen so kalt, dass es schon nicht mehr ganz so viel Spaß machte. Andrew haderte nun doch mit der Vorstellung, sich vor Rachel und David auszuziehen. Der Himmel war aufgeklart, der Mond und der Schnee spendeten immerhin ein wenig Licht, man sah erstaunlich gut. David hingegen hatte gar kein Problem, er war Sportler und es gewohnt, sich vor anderen auszuziehen. Er zog den Bademantel aus, stopfte ihn zum Handtuch in die mitgebrachte Plastiktüte, hängte sie an einen Ast und stieg ins warme Wasser. Rachel tat es ihm nach, bemühte sich aber, sich ein wenig wegzudrehen, und so beschloss auch Andrew endlich, dass es egal war, und stieg zu den beiden in die Wanne. Sie suchten sich jeder einen Platz in einer Ecke und sagten erst mal gar nichts. Sie lagen einfach nur im warmen Wasser, sahen in den sternklaren Himmel, hörten es hinter sich im Unterholz rascheln, ließen sich von der Wärme des Wassers durchdringen und bemühten sich, den beißenden Chlorgeruch zu ignorieren. Herrlich, seufzte einer von ihnen, und die beiden anderen brummten zustimmend. Dann und wann rief jemand nach Mervyn, der stets sofort wieder ankam, er bewegte sich nie weit weg und machte nicht den Eindruck, auf Pfauenjagd zu sein. David stieg kurz aus der Wanne und holte einen Flachmann aus der Tasche seines Bademantels. Drambuie sei darin, sagte er, wer denn einen Schluck möge. Rachel kannte keinen Drambuie. Das sei etwas Schottisches, sagte David, ein Whiskylikör mit Honig und Kräutern oder so, genau wisse er es auch nicht. Jedenfalls müsse man davon lächeln, sie solle es nur ausprobieren. Rachel trank einen Schluck, es war süß und kräftig gleichzeitig. Andrew und David sahen sie erwartungsvoll an, und sie lächelte. Na bitte, sagte David, und Rachel reichte Andrew strahlend den Flachmann. Andrew staunte über den normalerweise so schüchternen und zurückhaltenden David, der sich hier plötzlich mit einer gewissen Selbstverständlichkeit vor ihm und einer halbwegs fremden Frau auszog und Alkohol herumreichte. Andrew hatte David eigentlich immer gemocht, vielleicht gerade wegen seiner Schüchternheit. Dass er selbst ebenfalls nicht besonders entspannt wirkte, war ihm durchaus klar. Manchmal wünschte er sich, lockerer zu sein, aber dann wieder sagte er sich, dass er es eben nicht war und dass das auch in Ordnung war. Aber dafür, dass er gerade nackt mit einem Kollegen und einer fremden Frau im Wasser lag und außerdem eine dicke Beule am Hinterkopf hatte, fühlte er sich erstaunlich gelöst. Er lehnte sich zurück, reichte den Flachmann weiter und sah in den Sternenhimmel. Hinter ihnen schnüffelte Mervyn herum, sie fragten sich, ob er im Schnee überhaupt etwas roch und ob er keine kalten Füße bekam, aber offenbar machte es ihm nichts aus.

Rachel wurde als Erste übermütig. Sie fragte, wofür eigentlich die ganzen Knöpfe vorne am Hot Tub seien, und drückte auf einen. Unter Wasser ging das Licht an, und alle drei fühlten sich plötzlich noch deutlich nackter als zuvor. Rachel machte das Licht schnell wieder aus und drückte auf einen anderen Knopf, der den Whirlpool anschaltete. Laut brummendes Blubbern setzte ein, es kam Luft aus ungeahnten Löchern in der Wand und im Boden, und alle drei verloren kurz den Bodenkontakt und wurden vom aufgewühlten Wasser angehoben und in Richtungen geschoben, mit denen sie nicht gerechnet hatten. Der Hot Tub war plötzlich sehr klein, Haut traf auf Haut, Gliedmaßen trieben irgendwohin, Hände und Arme berührten fremde Körper, Füße und Beine berührten fremde Füße und Beine, und keiner der drei wusste so genau, wen er gerade an welcher Stelle berührt hatte und von wem er berührt worden war, und keiner hätte sagen können, ob der Hot Tub zu klein oder gerade richtig klein war. Keinem der drei waren diese Berührungen unangenehm, aber das hätte keiner zugegeben. In Wahrheit hätten sie sich alle gern noch etwas länger berührt, wenn es nicht unmöglich gewesen wäre, denn alle sehnten sich nach Berührung, aber alle drei glaubten, mit dieser Sehnsucht allein zu sein, und deswegen taten sie so, als würden sie sich schnellstmöglich wieder auf ihre Plätze und voneinander wegbewegen.

Rachels letzter Freund hatte sich ein paar Monate zuvor von ihr getrennt, und das war auch besser so, sie war meistens zufrieden damit, erst mal allein zu sein, sie brauchte nicht unbedingt einen Mann zum Glück, aber in dieser Situation hier oben, in ihrer Rolle als Moderatorin, die nicht direkt zur Gruppe gehörte, die auf sich allein gestellt war, die keinen Ansprechpartner hatte, überkam sie plötzlich die Einsamkeit und die Sehnsucht nach Berührung. Sie hätte sich einfach an einen der Männer schmiegen mögen, oder an beide, sie fand sie beide auf ihre Weise durchaus attraktiv, aber natürlich ging das nicht, sie hatte hier eine Rolle zu spielen. Andererseits schienen sich die Rollen ohnehin in Dunkelheit und Schnee aufzulösen. Dennoch.

Andrew war glücklich mit seiner Frau, mit der er schon sein halbes Leben verbracht hatte, er liebte sie, aber nach einem halben Leben war nicht mehr alles aufregend. Berührungen mit Fremden aber waren aufregend, die junge Psychologin sehr hübsch und David ein Mann, ein nackter, schwuler Mann, Andrew hatte noch nie einen nackten Mann berührt, und er hätte bislang nicht geglaubt, dass es ihm nichts ausmachen, dass er es sogar als angenehm empfinden könnte. An seinem Unterschenkel kribbelte etwas, ein anderer Schenkel oder ein Luftstrom, wie sollte man das so genau wissen, sein Herz schlug ein wenig schneller. Glücklicherweise war es dunkel.

Auch David war glücklich mit seinem Mann, sie waren erst seit gut einem Jahr verheiratet, so glücklich war er noch nie gewesen, aber das hatte gar nichts damit zu tun, dass er sich in diesem Augenblick nach menschlicher Wärme und menschlicher Haut sehnte. Unter Wasser und in der Dunkelheit war alles anders.

Was in diesem Whirlpool geschah, hatte nichts mit dem Leben der drei zu tun. Es gab nur sie und das warme Wasser und die Sterne und die Haut der anderen.

Rachel schaltete den Whirlpool aus, die Männer lachten befangen, und sie sagte, das sei doch zu laut, oder etwa nicht, es sei doch so schön ruhig hier draußen, und die Männer stimmten ihr zu. Dann wurden sie wieder still und spürten den Berührungen nach, die immer noch kribbelten, und hätten das Blubbern am liebsten noch einmal angestellt, um sich noch einmal berühren zu lassen. Alle seufzten unhörbar in sich hinein, und alle fragten sich, ob es an ihren Beinen nur noch nachkribbelte von den Luftblasen oder ob das doch ein anderes Bein war, und wenn ja, wessen, und wagten es nicht, es durch eine Bewegung herauszufinden.

Andrew war der Erste, der sprach. Er kannte sich erstaunlich gut mit den Sternen aus, und so gut wie hier waren sie in London nie zu sehen. Er erklärte und zeigte mit ausgestrecktem Arm irgendwo ins Dunkel, und damit sie seinem Arm mit dem Blick besser folgen konnten, rückten David und Rachel näher an ihn heran, und weil Wasser trägt, berührten sie einander schon wieder und hielten es eine Weile aus und taten, als wäre nichts oder als würden sie es nicht bemerken, und dann rückten sie wieder ein bisschen voneinander ab, und Andrew versuchte es lieber mit Erklärungen. David kannte nur den großen Wagen, Rachel außerdem noch Cassiopeia, mehr wussten sie nicht. Die Milchstraße war gut zu erkennen. Andrew zeigte ihnen den Andromedanebel, Aldebaran, Orion und die Plejaden. Er sprach über Castor und Pollux, die Lyra und den Pegasus und wusste, wie viele Lichtjahre all das entfernt war und welche Sterne längst erloschen waren, aber noch für Jahrhunderte zu sehen sein würden, weil das Licht noch unterwegs war. Er zeigte ihnen den Uranus, der gerade in der ersten Hälfte der Nacht immer besser zu sehen sein würde. Und dann wurden wieder alle still, weil man eben still wird, und ließen den Drambuie noch einmal kreisen und riefen nach Mervyn, der plötzlich verschwunden war, und sahen in den Himmel, und niemand wusste so genau, was eigentlich unter der Wasseroberfläche geschah. Es war warm und still und friedlich, und irgendwann wurden ihre Finger ribbelig, und sie stiegen aus dem Wasser, trockneten sich schnell ab, und es war immer noch warm, und zogen ihre Bademäntel über, und es war noch ein bisschen warm, und riefen nach Mervyn, der immer noch nicht kam, und stiegen in ihre Wanderschuhe, in die der Schnee gerutscht war, sodass sie nass waren von innen, und bekamen sofort eiskalte Füße, und dann schlossen sie den Deckel des Hot Tub, und es war schon nicht mehr ganz so warm. Sie liefen über die Rasenfläche, unbeholfen mit offenen Schuhen durch den tiefen Schnee, und es war gleichzeitig warm und kalt, und am liebsten hätten sie gejauchzt und sich in den Schnee fallen lassen, und noch lieber wären sie ein wenig auf dem Trampolin herumgesprungen, aber sie waren schließlich erwachsen, und es war kalt und das Trampolin verschneit. Und sie hatten nichts an. Sie riefen nach Mervyn, aber nicht zu laut, denn sie hätten ihn ja eigentlich anleinen sollen und wollten nicht, dass man sie vom Haus aus rufen hörte. Mervyn kam aus einer unerwarteten Richtung, und sie sagten scherzhaft zu ihm, er habe doch wohl nicht irgendetwas gerissen, und nahmen ihn für die letzten paar Meter zum Haus an die Leine.

Im Westflügel hatte Jim Bernard frische Eisbeutel und Tee ins Wohnzimmer gebracht und ihn gefragt, ob er ihm Gesellschaft leisten solle. Bernard bedankte sich und sagte, das sei nicht nötig, Jim könne ruhig mit den anderen in den Hot Tub gehen – was der aber gar nicht wollte –, er sei ganz zufrieden allein mit ein paar Zeitschriften auf dem Sofa. Jim ging einigermaßen erleichtert zurück in die Küche und half Helen, die Reste des Abendessens wegzuräumen und das Geschirr abzutrocknen. Helen versuchte halbherzig, ihm zu sagen, das sei doch nicht nötig, aber sie freute sich über die nette Gesellschaft. Sie waren schnell in einem angeregten Gespräch und kamen von Steinmauern über Tiere im Wald auf das Kochen und Essen und dann wieder zu den beiden Kranken im Haus. Als sie mit der Küche fertig waren, fragte Helen, ob sie ins Wohnzimmer gehen und Bernard Gesellschaft leisten sollten, aber Jim sagte, der habe dankend abgelehnt, und holte stattdessen seine Gitarre. Helen sah kurz nach der Chefin, die halb wach war, und fragte bei der Gelegenheit nach, ob es ihr etwas ausmachen würde, wenn Jim ein wenig Gitarre spielte. Nein, nein, sagte die Chefin, ganz im Gegenteil, Jim singe ja sehr schön, das höre sie gern, und es würde sie sicher nicht davon abhalten, wieder einzuschlafen. Helen zog unwillkürlich eine Augenbraue hoch. Sie solle Bescheid sagen, wenn es ihr zu laut werde, sagte sie und kehrte in die Küche zurück. Wo sich herausstellte, dass auch sie eine gute Sängerin war und dass sie die alten Folksongs ebenfalls kannte oder schnell lernte, wenn Jim ihr sein Ringbuch mit den ausgedruckten Texten hinlegte. Sie blätterten gemeinsam darin, fanden noch einen schönen Song und noch einen, fachsimpelten ein wenig darüber, wer welches Lied eingesungen hatte, sangen zweistimmig und scherten sich schon bald nicht mehr darum, ob sie zu laut waren, weil manche Zeilen und manche Refrains eben laut sein müssen, weil manchmal Dinge aus einem herausbrechen müssen und weil man sonst nie laut ist. Und dann sangen sie wieder leise, weil manches eben leise ist. Sie sangen von den nebelverhangenen Hügeln der Heimat und ihrer Liebe zu Caledonia, von Schiffen und von der Liebe, immer wieder von der Liebe. Das Abschiedslied eines Seemanns an sein altes Schiff, das gerade abgewrackt wird, machte sie ganz sentimental, und dann stimmte Jim ein Lied über das Brombeerensammeln an, und Helen sang nicht mit, sie kämpfte mit den Tränen und hörte zu und war ganz still. Und Jim war auch still, als er fertig war. Woher er das denn kenne, fragte Helen leise. Das habe er vor einigen Jahren von einem ganz reizenden älteren Herrn bei einem Singaround in Norfolk gelernt, sagte Jim, und Helen sagte, der reizende ältere Herr heiße John Mathews, jedenfalls habe der das Lied geschrieben, und er sei ein Freund ihres Mannes gewesen. Gewesen, fragte Jim, und Helen sagte, ihr Mann sei vor zwei Jahren gestorben und ob er noch etwas trinken wolle, es sei noch Bier im Kühlschrank.

Sie reichte Jim ein Bier, schenkte sich selbst ein Glas Wein ein, presste der Chefin noch zwei Orangen aus und brachte ihr den Saft. Die Chefin murmelte im Halbschlaf, das sei sehr schön, wie sie sängen, und bestimmt würde es ihr morgen schon wieder besser gehen. Helen sah auch noch einmal nach Bernard und brachte ihm noch eine Dose Irn-Bru und ein paar Cracker.

Als sie in die Küche zurückkehrte, sang Jim ein Lied über einen Mann mit Bowlerhut, der die Ausmaße eines Lochs bemängelt, das nicht rund sein solle, sondern eckig, und außerdem nicht so tief, und wenn schon, dann woanders, es war ein sehr lustiges Lied, und das war auch gut so, denn sonst hätte Helen für nichts mehr garantieren können. Und Jim auch nicht.

Als die drei anderen aus dem Hot Tub zurückkehrten, schmetterte Jim gerade *So be easy and free when you're drinking with me! I'm a man you don't meet every day* und alberte dabei herum, und Helen dachte, das sei doch eigentlich ganz richtig, er war wirklich ein Mann, wie man ihn nicht alle Tage traf, allerdings war er durchaus kein solcher Angeber wie Jock Stewart aus dem Lied. Die drei aus dem Hot Tub staunten, dass hier anscheinend eine Party stattfand, und zogen sich zügig etwas Warmes an. Mervyn bekam doch noch etwas zu fressen, dann ging er nach Liz sehen und legte sich zufrieden neben ihr Bett. Er hatte einen interessanten Abend mit unerwarteten Begegnungen gehabt.

Die Chefin der Investmentabteilung schlief unruhig und wachte immer wieder hustend und schniefend auf. Helen kam in ihr Zimmer und brachte ihr Ingweraufguss und frisch gepressten Orangensaft. Liz trank, sie schwitzte und fror und schlief wieder ein. Manchmal hörte sie Gesang oder Gelächter aus der Küche, sie nahm es wahr wie durch Watte.

Irgendwann in der Nacht saß Helen auf ihrer Bettkante. Liz tauschte frierend ihren durchgeschwitzten Pyjama gegen ein frisches Nachthemd, das sie noch nie gesehen hatte. Es war ihr egal. Es war ihr auch egal, dass Helen sie dabei sah. Sie nahm die Medikamente, die Helen ihr reichte, sie trank, weil Helen sagte, sie solle trinken, sie hinderte Helen nicht daran, ihr eine Wärmflasche unter die Decke zu schieben, dann dämmerte sie wieder weg. Sie schwitzte, wälzte sich hin und her, fror, dämmerte weg und träumte wirre und beängstigende Dinge über Vögel, die ihr auf den Kopf fielen, die ihnen allen auf den Kopf fielen, über ihre Exkremente und ihre Federn. Vögel, die aggressiv waren und alles angriffen, was ihnen in die Quere kam, riesige, furchterregende Vögel.

Irgendwann wachte sie wieder auf, sie hatte keine Ahnung, wie spät es war. Sie hatte Kopf- und Gliederschmerzen, sie hustete und bekam kaum Luft durch die Nase, ihr Mund war ganz ausgetrocknet, sie war vollkommen erschöpft. Wieder war Helen sofort da, flößte ihr Tee ein, gab ihr schon wieder ein frisches Nachthemd und tupfte ihr mit einem feuchten Lappen das Gesicht ab. Liz hasste normalerweise jegliche Art von Kraft- und Hilflosigkeit, aber irgendwie tat es ihr doch gut, sich einfach in die Obhut dieser Köchin fallen zu lassen, die sie eigentlich gar nicht kannte, und zu wissen, dass es morgen früh besser sein würde.

Mervyn, murmelte Liz. Dem habe sie sein Abendessen gegeben, sagte Helen, er sei auch noch einmal draußen gewesen, mit den anderen, und jetzt habe er sie gerade geweckt, weil er wohl gemerkt habe, dass es ihr nicht gut gehe. Liz versuchte, sich ihre Rührung nicht anmerken zu lassen, tätschelte Mervyn kurz den Kopf, drehte sich um und schlief sofort wieder ein. Mervyn legte sich wieder auf den Boden neben ihr Bett, und Helen ging ebenfalls wieder in ihr Zimmer. Im gemeinsamen Doppelbett schlief Rachel tief und fest. Helen hatte sich gefragt, ob es nur an der Nacktheit im Hot Tub lag, dass die drei plötzlich wie ein eingeschworener Freundeskreis gewirkt hatten, vertraut und gelöst.

Frühmorgens wiederholte sich die Szene, Mervyn weckte Helen, und Helen brachte Liz noch ein frisches Nachthemd, wechselte das Laken, brachte Medikamente und etwas zu trinken und stellte fest, dass es bergauf ging. Dass die Chefin erschöpft war, aber das Fieber zurückging, ihre Augen nicht mehr so glasig waren und es ihr ganz bald besser gehen würde. Sie sagte ihr, sie solle einfach noch ein bisschen schlafen. Danke, murmelte Liz und schlief wieder ein.

Als alle beim Frühstück saßen, machte Helen ein bisschen Obst und Toast für Liz zurecht und brachte es ihr, aber sie schlief tief und fest. Das war sicher gut so, und so kehrte Helen unverrichteter Dinge in die Küche zurück, wo Jim gerade mit einem Glas Orangenmarmelade in der Hand in der Speisekammertür stand und den anderen freudestrahlend mitteilte, es gebe am Abend offenbar Gans, da hinge eine in der Speisekammer, das habe er ja noch gar nicht mitbekommen. Was sie denn dazu machen wolle, fragte er die verblüffte Helen. Curry, murmelte sie, sie wolle ein Curry kochen, mit dem restlichen Gemüse drin, das noch übrig sei, und ein paar Früchten. Jim sagte, das habe er ja noch nie gehört, was für eine ungewöhnliche Idee, da sei er gespannt.

Helen hoffte, dass man ihr die Verblüffung nicht ansah. Dann war der Pfau jetzt also eine Gans. Sie warf David einen Seitenblick zu, der ebenfalls versuchte, sich nichts anmerken zu lassen. Was die Größe anging, war eine Gans dem Pfau natürlich deutlich ähnlicher als ein Fasan. Aber Helen hatte ihm lang und breit erklärt, dass Fasan geschmacklich näher am Pfau sei. Hoffentlich hatte sie noch niemandem erzählt, dass es Fasan geben würde, denn jetzt kam sie aus der Nummer nicht mehr raus, in der Speisekammer hing jetzt also eine Gans, über deren Vorhandensein sich auch niemand zu wundern schien. David war froh, nicht in Helens Haut zu stecken, aber gleichzeitig hing er in der Geschichte ebenso drin wie sie. Helen war vor allem froh, dass sie Kopf und Füße bereits abgetrennt hatte und der Vogel gerupft war.

Andrew fragte sich im selben Moment, ob Helen und David nicht bei Ryszard einen Fasan gekauft hatten, er meinte, sie hätte so was erwähnt, war sich aber nicht mehr sicher. Helen war sich ebenso wenig sicher. Hatte sie? Als die anderen die Hütte gebaut hatten? Sie wusste es nicht mehr und erkundigte sich schnell nach seiner Beule, ob sie über Nacht abgeschwollen sei und ob er Kopfschmerzen habe. Andrew sagte, es sei alles in Ordnung, es war ihm ein bisschen peinlich, öffentlich über seine körperlichen Befindlichkeiten zu sprechen, und so dachte er nicht weiter über Gänse und Fasane nach.

Glücklicherweise hatte niemand nachgefragt, was genau sie eigentlich mit dem Pfau gemacht hatten, dachte Helen. Die Chefin hatte nur hören wollen, dass er gründlich verschwunden war, die Details hatten sie nicht interessiert.

Als Liz am späteren Vormittag wieder aufwachte, aus tiefem, festem Schlaf diesmal, ging es ihr in der Tat deutlich besser. Sie setzte sich auf. Draußen musste strahlend blauer Himmel und Sonnenschein sein, durch die Ritzen im Vorhang fiel helles Licht herein. Sie zog sich einen dicken Pullover über, ging kurz auf die Toilette und hörte, dass die anderen sich im Wohnzimmer schon wieder die Köpfe heiß diskutierten und dabei offensichtlich Spaß hatten, denn es wurde gelacht. Sie war noch zu matt, um sich zu ärgern, dass sie nicht dabei war, wie es sich gehörte. Sie wusch sich das Gesicht, betrachtete sich vorsichtshalber nicht allzu genau im Spiegel und kehrte dann ins Bett zurück.

Fünf Minuten später kam Helen herein und brachte Tee und frisch gepressten Orangensaft und warmes Porridge mit Honig und Sahne und frischem Obst. Liz lächelte. Helen zog die Vorhänge auf und sagte, es sei herrliches Wetter draußen, blauer Himmel und alles tief verschneit und wunderschön. Und wie es ihr denn gehe, sie sehe ja schon viel besser aus. Liz bedankte sich für die Betreuung in der Nacht, sagte, es gehe ihr tatsächlich besser, und fragte, was sie denn da eigentlich anhabe, so ein unmodernes Nachthemd habe sie ja schon lange nicht mehr gesehen. Helen sagte, das Nachthemd gehöre der Lady, sie habe gestern Abend noch Medikamente und Wärmflaschen und diese Nachthemden gebracht und gefragt, ob sie sonst noch etwas benötigten. Wirklich eine ausnehmend reizende Dame, insgeheim hatte Helen doch ein schlechtes Gewissen, dass sie ihrer Truppe einfach den Pfau der McIntoshs servieren wollte. Aber schließlich war es nicht ihre Schuld, dass er tot war, sie machte nur das Beste daraus. Und es war auch nicht Mervyns Schuld, wie alle anderen dachten. Wessen Schuld es war – wer den Pfau erschossen hatte und warum –, war ihr allerdings immer noch nicht klar.

Die Lady kam in den Westflügel und erkundigte sich nach dem Wohlergehen der Chefin der Investmentabteilung. Liz bat sie zu sich herein und bedankte sich für die nächtliche Versorgung mit Nachthemden und Medikamenten. Die Lady hatte tatsächlich noch einen Hausanzug für den Tag dabei, den Liz zu ihrem eigenen Erstaunen gern annahm. Sie war eindeutig nicht gesund, und da war so ein Hausanzug doch deutlich gemütlicher als die seriöse Designerkleidung, die sie dabeihatte. Dieser ganze Aufenthalt hier entwickelte sich so vollkommen anders, als sie sich das vorgestellt hatte, da war es jetzt auch schon egal, sie befanden sich alle in einer Ausnahmesituation. Sollten die Männer sie doch im Nickianzug sehen; selbst Bernard trug inzwischen Jeans und Pullover, Jim und David hatten die ganz klassische Bankkleidung gar nicht erst eingepackt.

Andrew schaffte es, wie immer, perfekt gekleidet zu sein, seriös, aber *casual*, geschäftsmäßig und gleichzeitig nicht unangemessen für diesen eiskalten und unheizbaren Herrensitz.

Der zweite Grund für den Besuch der Lady war, dass sie nun auch offiziell Bescheid bekommen hatte, dass der Schneepflug heute nicht mehr ins Tal hochkommen würde. Was bedeutete, dass die Gruppe, wie bereits erwartet, heute nicht abreisen konnte, mit ihren Wagen hatten sie keine Chance, durch den Schnee zu kommen. Am Montag solle es aber erstens tauen und zweitens würde dann auch der Schneepflug kommen. Ryszard würde heute noch die Einfahrt bis zur Straße hin räumen, sodass sie am nächsten Tag losfahren konnten, sobald der Schneepflug da gewesen war. Und selbstverständlich könnten sie alle zu den McIntoshs rüberkommen und das Telefon benutzen, um zu Hause und in der Bank Bescheid zu sagen, dass sie einen Tag länger blieben.

Kurz erwischte Liz sich bei dem Gedanken, dass sie es auch gar nicht schlimm gefunden hätte, noch ein paar Tage länger hier eingeschneit zu sein und sich von Helen und Lady McIntosh versorgen zu lassen. Aber nur ganz kurz. Natürlich wollte sie nach Hause und wieder ganz normal arbeiten und ihr Leben selbst in die Hand nehmen. Nach Hause, wo sie eine Zentralheizung und eine vernünftige Dusche hatte. Und eine Apotheke um die Ecke. Sie war aber ganz gerührt von der Umsicht und Fürsorge der Lady. Das Angebot mit dem Telefon würden sie sicher alle gern annehmen, sagte sie, und dann fügte sie mit einem Blick auf Helen hinzu, sie hätten doch sicher noch genügend Vorräte und könnten Lord und Lady McIntosh zum Abendessen einladen, als Dankeschön für die wunderbare Versorgung? Sie sei Lady McIntosh wirklich zu Dank verpflichtet. Helen bejahte das selbstverständlich sofort, erschrak aber insgeheim sehr, denn es bedeutete, dass sie den McIntoshs ihren eigenen Pfau servieren müsste. Lady Fiona sagte, das sei doch gar nicht nötig, es tue ihr vielmehr leid, dass sie nun hier eingeschneit seien und nicht wie geplant nach Hause könnten und die Chefin sich dann auch noch diese fiese Erkältung eingefangen habe, da hätte sie ja glatt eher das Gefühl, sich entschuldigen zu müssen, woraufhin Liz befand, sich für das Wetter zu entschuldigen, sei ja wohl ein wenig albern. Insgeheim dachte sie allerdings, man könnte durchaus mal darüber nachdenken, ob man einen nicht beheizbaren Teil des Gebäudes im tiefsten Winter wirklich vermieten sollte, aber das behielt sie für sich. Sie hoffte, bis zum Abend wenigstens so weit wiederhergestellt zu sein, dass sie an dem Essen teilnehmen konnte.

Fast tat ihr die Einladung schon leid, denn jetzt musste Helen sich nicht nur um sie kümmern, sondern auch noch für zwei Esser mehr kochen, da hatte sie wohl in ihrem Fieberkopf nicht richtig nachgedacht.

Außerdem hatte sie es nicht mit den Kollegen besprochen, und wer weiß, was die McIntoshs an dem Abend eigentlich vorgehabt hatten und ob sie überhaupt für so spontane Aktionen zu haben waren. Andererseits, was sollten sie schon vorhaben, sie waren eingeschneit. Vor allem aber hatte Liz ein schlechtes Gewissen, schließlich hatte ihr Hund den Pfau der McIntoshs gerissen, und sie hatte es ihnen verschwiegen, und dann fiel sie ihnen auch noch mit ihrer Krankheit zur Last. Vielleicht konnte sie es mit der Essenseinladung wiedergutmachen.

Die Lady hatte ebenfalls ein schlechtes Gewissen, weil sie der Chefin der Investmentabteilung verschwiegen hatten, dass der verrückt gewordene Pfau ihren Wagen beschädigt hatte.

Und Helen schließlich hatte ein schlechtes Gewissen, weil sie nun wirklich nicht gut den McIntoshs ihren eigenen Pfau zum Essen vorsetzen konnte. Aber jetzt konnten sie alle drei nicht mehr zurück, sondern verabredeten, dass der Lord und die Lady also am Abend zum Essen kommen würden, und heuchelten Freude. Helen hätte sich gern in Luft aufgelöst. Die Lady dachte bei sich, dass sie dann wohl für Aileen etwas vorbereiten musste, denn sie konnte sich ja mit dem Gips nicht mal selbst ein Sandwich machen.

Im Wohnzimmer geschah an diesem Vormittag ebenfalls Erstaunliches. Als Rachel, David und Andrew am

Vorabend im Hot Tub gewesen waren und Jim mit Helen in der Küche gesungen hatte, hatte Bernard im
Wohnzimmer gesessen, sein Knie gekühlt und dabei
die Arbeit des Tages auf den Flipcharts und Metaplantafeln betrachtet. Er hatte ein bisschen weiter gedacht,
dies und das dazugeschrieben und ein paar Stellen im
selbst haftenden Organigramm neu arrangiert. Am
Abend hatte das niemand mehr bemerkt. Aber als sie
morgens nach dem Frühstück wieder im Wohnzimmer
zusammenkamen, räusperte Bernard sich und sagte, er
sei da jetzt vielleicht im Alleingang ein wenig vorgeprescht, er hoffe, sie würden es ihm nicht übelnehmen,
aber er habe da mal etwas ausprobiert. Es komme ihm
jedenfalls ganz vernünftig vor, aber man müsse natürlich erst mal hören, was die Chefin dazu meine. Klar,
die Chefin, die Chefin, murmelte Andrew, sah aber sofort, dass Bernard in der Tat vernünftige Ideen gehabt
hatte. Auch David und Jim verstanden schnell, was
Bernard meinte, stimmten in vielen Punkten zu, hatten
an anderen Stellen noch bessere Vorschläge, und gemeinsam entwickelten die vier Männer Ideen, dass Rachel nur noch staunte. Und sich fragte, was eigentlich
bislang schiefgelaufen und wieso sie eigentlich gebucht
worden war. Inhaltlich konnte sie sowieso nichts bei-
tragen, die Männer waren längst in den Tiefen des Fi-
nanzwesens und der Bankenorganisation gelandet. Sie
waren so sehr bei der Sache, dass jegliche persönliche
Animositäten vergessen schienen, sie diskutierten und

entwickelten Ideen und Pläne und lachten manchmal und pflichteten einander bei und widersprachen einander ebenso häufig und bekamen ganz rote Wangen. Rachel brachte nur noch dann und wann eine neue Arbeitsmethode ein, schlug ein leicht verändertes Weiterarbeiten vor und fragte sich, ob dieser Tag auch so gelaufen wäre, wenn sie nicht eingeschneit oder wenn sie nicht im Hot Tub gewesen wären und dicke Knie gehabt und gesungen hätten. Oder wenn die Chefin dabei gewesen wäre.

Die Chefin aber lag nebenan im Bett. Immer wieder nickte sie kurz weg und wachte wieder auf. Sie war erschöpft, aber das Fieber ließ nach, sie hatte nicht mehr diese Kopfschmerzen und bekam auch wieder deutlich besser Luft. Und Herpes. Die Lady hatte glücklicherweise noch weitere Kleenexboxen mitgebracht – offenbar gewöhnte man sich so fernab der Zivilisation eine respektable Vorratshaltung an. Wenn bei Liz zu Hause die Kleenex alle waren, kaufte sie eine einzige neue Box.

Wann immer sie aufwachte, hörte sie aus dem Wohnzimmer engagierte Diskussionen, die irgendwie gut klangen. Sie wäre gern dabei gewesen, zumindest hätte sie gern Mäuschen gespielt und zugehört, die Männer konnten doch nicht einfach ohne sie weitermachen und womöglich Ideen entwickeln, die sie nicht absegnen konnte, aber dann war sie doch noch zu erschöpft, um sich darüber aufzuregen, und drehte sich noch einmal um. Wer weiß, womöglich beschlossen ihre Leute ja gar keine Dummheiten, womöglich kamen sie sogar ohne sie zurecht, womöglich waren sie gar nicht so blöd, und womöglich war sie tatsächlich ein Kontrollfreak. Aber im Moment war ihr selbst das egal, sie schlief wieder ein. Zwischendurch kam immer mal wieder Helen herein und fragte, ob sie noch etwas brauche und wie es ihr gehe. Und dann nahm sie Mervyn mit und schickte ihn mit den anderen hinaus in den Schnee.

Die Männer und Rachel bemerkten kaum, wie die Zeit verging. Nach ihrem Spaziergang mit Mervyn aßen sie kurz zu Mittag – es gab eine wunderbar sämige Süßkartoffelsuppe mit Koriander und dazu frisch gebackenes Brot – und machten sich dann gleich wieder an die Arbeit. Sie stellten fest, dass sie verblüffend wenig vom jeweiligen Arbeitsalltag der anderen wussten und deutlich besser mit allem vorankommen würden, wenn jeder sein Wissen und seine Erkenntnisse zur Verfügung stellte. Dass sie, anders gesagt, mehr miteinander sprechen und sich austauschen mussten. Alle waren ein wenig erschrocken über die Banalität dieser Erkenntnis. Beim Hüttenbau, sagte Bernard, hätten sie viel mehr darüber gesprochen, wie sie jetzt weiter vorgehen wollten. Vielleicht, weil sie es zum ersten Mal gemacht und keine Routine gehabt hätten, im Gegensatz zur Bank, wo jeder immer das Gleiche mache und jeder glaube, die anderen hätten das gleiche Wissen wie man selbst. Im Wald hätten sie alle nichts gewusst und deswegen besser zusammengearbeitet. Jim dachte daran, dass er das Gewehr gefunden und niemandem davon erzählt hatte. Er sah Rachel an, aber die tat so, als bemerke sie nichts. Vielleicht dachte sie, niemand hätte das Gewehr entdeckt, dachte Jim. Oder war es möglich, dass sie es gar nicht dort versteckt hatte? Sondern jemand anders? Immerhin hatte sie es nicht wieder zurückgeholt, soweit er wusste. Sie war nicht mehr allein in den Wald gegangen. Aber wer sollte ein Gewehr im Wald verstecken und warum, das war ja Unfug.

David dachte daran, dass er den anderen verschwieg, dass sie am Abend den Pfau essen würden. Aber das war natürlich etwas anderes, in der Bank verschwieg niemand absichtlich etwas, sie kommunizierten nur zu wenig.

Bernard kam nicht mal auf die Idee, jemandem zu erzählen, dass er den Lord mit einem Gewehr über der Schulter aus dem Wald hatte kommen sehen. Wieso auch?

Mervyn ging zwischendurch aus dem Wohnzimmer zu seiner Chefin, die meist schlief, dann stattete er Helen in der Küche einen Besuch ab, wo es meist ein Stück Wurst gab, und kehrte ins Wohnzimmer zurück. Er fühlte sich inzwischen ganz zu Hause, war zufrieden, und die Menschen schienen es auch zu sein.

Am Nachmittag kam Liz ins Zimmer. Sie wirkte nicht wirklich gesund, aber auch längst nicht mehr so krank, sie war eindeutig auf dem Weg der Besserung. Und sah ansonsten komplett unmöglich aus in dem bordeauxroten Nickianzug, den ihr niemand zugetraut hätte. Sie entschuldigte sich auch gleich als Erstes für ihren Aufzug und bat um Nachsicht, das Ensemble sei eine Leihgabe der Lady. Zum Abendessen werde sie sich schon anständig anziehen, und übrigens habe sie die McIntoshs dazu eingeladen, sie hoffe, dass niemand etwas dagegen hätte, sie sei da wohl spontan ein wenig vorgeprescht. Den anderen war, als hätten sie diesen Satz heute schon einmal gehört, und sie beeilten sich, ihr zu versichern, dass sie natürlich nichts dagegen hätten, die McIntoshs seien ja wirklich ausnehmend angenehme Menschen, und man würde ihnen schon nicht versehentlich erzählen, dass Mervyn ihren Pfau auf dem Gewissen hatte. Und wie es ihr selbst denn heute gehe. Ganz gut, sagte Liz, oder jedenfalls deutlich besser, Helen habe sie in der Nacht wundervoll versorgt, und dann habe sie den ganzen Tag so engagierte Gespräche aus dem Wohnzimmer gehört, dass sie jetzt doch neugierig sei, was sie denn hier so gemacht hätten.

Die Männer waren sich einig, dass Bernard die Arbeitsergebnisse vortragen sollte. Was er gern tat. Er erklärte, wie sie mit kleinen Verschiebungen der Zuständigkeitsbereiche ihre Energien bündeln wollten, wer sich in welchen Fällen mit wem besprechen sollte, wer an wen berichtete und wie sie mit wöchentlichen Abteilungskonferenzen den Kommunikationsfluss optimieren könnten. Dass Jim gewissermaßen in seiner Kombüse bleiben, dort aber mehr Rücksicht auf die Ernährungsbedürfnisse der anderen nehmen sollte und dass auch die Schaltstellen, an denen die anderen laut Andrew saßen, genauer definiert werden müssten. Die Kollegen staunten, dass er die Metaphern vom ersten Abend aufgriff, ergänzten, fügten an und führten aus. Die Chefin hörte zu, nickte und schwieg. Sie schwieg so sehr, dass den Männern fast unwohl wurde, das kannten sie gar nicht von ihrer Chefin, und sie fragten sich, ob sie womöglich zu weit gegangen waren. Denn hier und da hatten die Umstrukturierungsvorschläge natürlich auch mit den Arbeitsbereichen und Zuständigkeiten der Chefin zu tun. Sie beeilten sich zu sagen, dass das alles natürlich nur Vorschläge seien und erste Ideen und nur so ins Unreine gedacht.

Die Chefin allerdings schwieg deswegen, weil sie so beeindruckt war. Beinahe fragte sie sich, ob die Männer ohne sie womöglich besser arbeiteten als mit ihr. Aber dafür kam ihr die Stimmung eigentlich zu gut vor, es wirkte nicht, als wollten sie sie loswerden, sondern eher, als wollten sie ihr von ihren neuen Errungenschaften berichten, sie waren alle ganz konzentriert bei der Sache. Sie hatten sich überlegt, wer welche Stärken an welcher Stelle besser einbringen konnte, wo sich Synergien in der Zusammenarbeit besser nutzen ließen, und dafür gesorgt, dass jeder ein bisschen was Neues zu lernen hatte, auf das er sich freute, ein bisschen Ungeliebtes abgeben konnte und insgesamt alle zufriedener waren, inklusive sie selbst, soweit sie das so schnell begreifen konnte. Am Ende hatte sie womöglich doch ganz kluge Männer in ihrer Abteilung.

Liz merkte schnell, dass sie noch etwas angeschlagen war. Sie bedankte sich mit eindrucksvollen Worten für die starke Arbeit und sagte, sie sollten aber auch mal Pause machen. Sie sei sehr glücklich, ein so kompetentes und engagiertes Team zu haben, und gehe jetzt wieder ins Bett. Vor dem Abendessen würde sie gern noch einmal in die Badewanne, ob das möglich sei oder ob sie schon einen Badeplan hätten. David sagte, theoretisch sei er dran mit Baden, würde aber viel lieber duschen, und die Chefin der Investmentabteilung entschuldigte sich tatsächlich für ihre blöde Idee, die Bäder überhaupt nach Männlein und Weiblein getrennt zu haben. Sie wisse auch nicht mehr, was sie sich dabei gedacht habe.

Liz legte sich wieder ins Bett, schmiegte sich unter die Decke, sah noch einen Augenblick ins verschneite Tal hinaus und schlief dann sofort wieder ein. Die Männer waren geradezu verdattert von ihrer so überraschend emotionalen und positiven Ansprache.

Im Laufe des Nachmittags ging einer nach dem anderen zu den McIntoshs hinüber und rief zu Hause an. Jim übernahm außerdem den Anruf beim Vorstandsvorsitzenden und erklärte ihm, dass sie eingeschneit seien, Liz außerdem krank und dass sie bei der Sitzung am Montag folglich nicht anwesend sein würde. Der Vorsitzende war, vorsichtig ausgedrückt, nicht gerade begeistert, das sei eine verdammt wichtige Sitzung, aber Jim machte ihm klar, dass sie keine Wahl hatten und schlicht nicht aus dem Tal hinauskonnten. Und gegen Jims Unerschütterlichkeit kam nicht einmal der Vorstandsvorsitzende an. Seine Frau hingegen nahm es mehr oder weniger achselzuckend zur Kenntnis, sie und Jim waren zwar freundlich zueinander, hatten sich aber nicht mehr besonders viel zu sagen.

Ganz anders als Davids Mann, der ganz offenkundig enttäuscht war, dass der gemeinsame Tag in Cambridge anlässlich seines Geburtstags ins Wasser fiel, sich dann aber schnell fing und David tröstete, der genauso enttäuscht war. Sie versicherten einander, dass sie das nachholen würden und sich aufeinander freuten.

Andrews Frau lachte, als sie die Geschichte hörte, sie merkte ja, dass ihr Mann ganz entspannt klang. Sie staunte, als er erzählte, dass eigentlich alles gut lief und es sogar ganz nett sei, und wünschte ihm eine gute Heimreise am nächsten Tag und dass es dann wirklich tauen und der Schneepflug kommen würde. Die Kinder ließen grüßen, seine Tochter könne es gar nicht erwarten, ihm ihre Weitsprungmedaille zu zeigen.

Rachel sagte ihrem Chef Bescheid, der sich mit einem hörbar schlechten Gewissen erkundigte, wie es denn liefe, und dem sie mit einer gewissen Genugtuung in den schillerndsten Farben den Erfolg dieses Wochenendes ausmalte. Sie fügte sogar hinzu, dass sie sich glatt freue, noch einen Tag bleiben zu können. Und wie es denn seiner Krankheit gehe. Er freute sich, dass es ihr offenbar gut ergangen war, beendete das Telefonat aber dennoch zügig.

Bernard hatte niemanden, den er hätte anrufen können.

Am Abend gab es Gänsecurry. Nur David und Helen wussten, dass es kein Gänsecurry gab. Es gab aber auf jeden Fall Geflügelcurry.

Als der Lord in die Küche kam, sagte er nach der Begrüßung als Allererstes, ob sie bitte die Pfauenfedern hinausbringen könnten, und zwar sofort, Pfauenfedern in der Wohnung brächten Unglück, das wisse man doch, sie mögen sie bitte draußen in die Mülltonne werfen. Er sei ja nicht abergläubisch, aber bei so vielen Pfauenfedern in der Wohnung sei es kein Wunder, dass hier alle krank seien und sie nicht abreisen könnten wie geplant. Die Banker staunten. Bisher war der Lord ihnen vorgekommen wie ein ganz vernünftiger Mann. Helen sagte, sie wolle die Federn ihrer Nichte schenken, und fragte, ob jemand sie ihr ins Auto bringen würde. Der Lord fand, das sei nun wirklich riskant, Pfauenfedern im Auto zu transportieren, da würde man einen Unfall ja geradezu provozieren. Helen sagte, das sei sicher richtig, aber nur, wenn man daran glaube, und das tue sie nicht, es wäre also schon in Ordnung. Niemand wusste so recht, was er sagen sollte.

Jim brachte die Federn in Helens Wagen, und Andrew fragte, um das Thema zu wechseln, ob nicht an einem der ersten Tage die Rede von Fasan gewesen sei, es sei doch auch Saison für Fasane, was die McIntoshs bestätigten. Dass Saison war. Die Köchin wies jedem einen Sitzplatz zu, als hätte sie die Frage nicht gehört, alle setzten sich, dann ließ Helen sich Teller anreichen und verteilte Curry, und David konzentrierte sich darauf, alle mit Getränken zu versorgen. Jim erzählte, er habe irgendwo gelesen, dass Fasane eigens gezüchtet und dann hier in den Tälern wieder ausgesetzt würden, damit man sie schießen könne. Der Lord bestätigte das, vor allem mit Moorhühnern werde das so gehandhabt, er finde das Vorgehen eigentlich unmöglich, nur damit ein paar Städter hier heraufkommen und ihrer Jagdleidenschaft frönen könnten, ließ es aber dennoch auch auf seinem Grund und Boden zu, denn so lief es nun mal. Es sei auch immer eine ganz blöde Zeit, wenn die Jungvögel ausgesetzt würden, weil sie ja das Leben in freier Wildbahn noch gar nicht kennten, sie liefen dann in Gruppen auf der Straße umher und seien zu blöd, um vor herannahenden Autos ins Gebüsch zu fliehen, meist liefen sie vielmehr vor den Autos her die Straßen entlang, manchmal Hunderte von Metern weit, bis man meine, sie müssten vor Erschöpfung bald zusammenbrechen. Aber irgendwann schafften sie es dann meistens doch noch, seitlich wegzuflattern. Nach ein paar Tagen würden die Tiere sich dann akklimatisierten und sich etwas weiträumiger verteilen und die Straßen seien wieder befahrbar. Zumindest bis die Jagdgesellschaften kämen, das sei dann noch einmal eine ganz andere Geschichte. Dieses Vorgehen sei wirklich irgendwie verdreht, sagte die Lady, aber für sie natürlich auch nett, weil sie immer mal den ein oder anderen Fasan oder gar ein Stück Wild von den Jagdgesellschaften geschenkt bekämen. Die Männer schwiegen, weil ihre Chefin genau eine derjenigen war, die nur zur Jagd aus der Stadt aufs Land fuhren. Zu ihrer Überraschung outete Liz sich selbst, sie sagte, da müsse sie sich wohl an ihre eigene Nase packen, sie sei ebenfalls eine dieser Jägerinnen aus der Stadt.

Die McIntoshs beeilten sich zu sagen, das Problem sei ja nicht der Einzelne, sondern das System. Die Chefin lächelte und sagte, das System bestehe ja aber aus Einzelnen, insofern müsse sie sich die Frage schon gefallen lassen, ob das alles so gut und richtig sei.

Die Lady wechselte das Thema und erkundigte sich nach der Zubereitungsart dieses sensationellen Currys. Das schmecke doch irgendwie ganz besonders, sie hätte wahrscheinlich von allein nicht mal erkannt, dass es sich um Gänsefleisch handle, wie das denn gewürzt sei? Helen erzählte etwas über Currymischungen und dass in Indien jeder Koch, der auf sich halte, seine eigene Mischung habe, wie in guten indischen Restaurants in

Großbritannien eigentlich auch. Diese hier sei eine Madrasmischung, also ein etwas schärferes Currypulver mit mehr Chili darin, ansonsten enthalte es natürlich Kurkuma, Kreuzkümmel, Koriander, Pfeffer und Bockshornklee, wie eigentlich alle Currys. Sie erklärte ihnen viel über Currymischungen und indische Gewürztraditionen, verlor sich in Details über die Herkunft der Kurkuma und ihre Verwandtschaft mit dem Ingwer, über den Anbau von Kreuzkümmel und Chili und redete, wie immer, wenn sie verunsichert war, viel zu viel. Im Hinterkopf befürchtete sie vor allem, es würde doch noch jemand auf Schrot beißen. Wie sollte Schrot in eine Gans kommen? Sie hatte ihn akribisch herausgepult und die ganze Zeit gedacht, wie viel plausibler die Behauptung, sie würden Fasan essen, gewesen wäre, denn eine Gans wäre ja fachgerecht geschlachtet und nicht erschossen worden. Sie konnte nur hoffen, dass sie wirklich alles erwischt hatte, aber besonders wahrscheinlich war das nicht.

Glücklicherweise störte ihr Geplapper niemanden, weil die meisten Anwesenden ohnehin mit ihren eigenen schlechten Gewissen beschäftigt waren. Hamish und Fiona deswegen, weil ihr Pfau den Wagen der Chefin der Investmentabteilung beschädigt hatte und sie es ihr verschwiegen hatten. Die Chefin selbst und mit ihr die Männer und Rachel deswegen, weil sie glaubten, Mervyn hätte den Pfau der McIntoshs gerissen, und Helen und David deswegen, weil die Gans keine Gans, sondern der Pfau war und sie damit alle anderen hintergingen, die McIntoshs, die Chefin, die Kollegen, Rachel.

Helen plauderte noch eine Weile weiter, versuchte aber gleichzeitig verzweifelt, das Thema zu wechseln, damit nur ja niemand auf den Geschmack des Fleisches zu sprechen kam. Stattdessen fragte sie die Runde, ob schon mal jemand in Indien gewesen sei.

Tatsächlich war Liz einmal geschäftlich in Indien gewesen. Sie war allerdings an diesem Abend ziemlich schweigsam, denn sie war längst nicht wieder gesund, ihre Nase war immer noch ziemlich verstopft, sodass sie vor allem damit beschäftigt war, beim Essen nicht mit offenem Mund zu kauen, aber trotzdem irgendwie Luft zu bekommen. Sie aß nicht viel und wäre eigentlich gern wieder ins Bett gekrochen, hielt sich aber tapfer. Sie sah auch schon wieder perfekt aus in Designerjeans und Kaschmirpullover, gleichzeitig edel und lässig, nicht wie in der Bank, aber auch keineswegs so privat und verletzlich, wie sie mittags im Hausanzug der Lady gewirkt hatte. Sie erzählte nur wenig von Indien und sagte, sie habe vor allem das Essen dort gemocht, was Helen bei ihrem Versuch, das Thema zu wechseln, nicht gerade weiterbrachte.

Die Lady sagte, so ein köstliches Geflügelcurry habe sie erst ein einziges Mal gegessen, letzten Sommer, da sei ein reizendes Ehepaar hier gewesen, ebenfalls aus London, die wunderbar für sie gekocht hätten. Der Lord wollte unter keinen Umständen das Gespräch in Richtung dessen gehen lassen, was an besagtem Abend noch geschehen war, daher witzelte er, die Leute würden immer denken, hier oben wäre es so einsam, dass man sicher dauernd verreisen wolle, aber in Wahrheit sei es umgekehrt, man müsse einfach nur zu Hause bleiben, die Welt komme dann schon zu einem. Das köstlichste indische Essen der Welt gebe es an einem eingeschneiten Abend in einem verlassenen Tal in Schottland. Die Lady zog ihn ein bisschen auf und sagte jaja, alter Reisemuffel. Sie selbst würde ja durchaus gern einmal nach Asien reisen, aber ihr Mann sei doch sehr schwer aus dem Tal hinauszubekommen. Er würde dann immer die Tiere und überhaupt das ganze Anwesen vorschieben, als könnten Aileen und Ryszard das nicht mal für ein paar Wochen allein bewerkstelligen. Natürlich könnten sie das, sagte der Lord, und so schlimm sei er ja nun auch nicht, manchmal würden sie ja durchaus verreisen, zum Beispiel letztes Jahr nach Rom. Und so hatten sie den Themenwechsel endlich geschafft, von Italien kamen sie auf Griechenland und dann weiter in die Türkei, erzählten von Urlauben, Studienreisen und ausgewanderten Freunden und entspannten sich langsam.

Bis Lord McIntosh sagte, apropos Gans, ob jemand die Gans gesehen habe, also ihre Gans, die immer draußen umherlaufe und die Leute beschimpfe. Er habe sie gestern zum letzten Mal gesehen, irgendwann am Vormittag, und heute sei sie den ganzen Tag noch nicht aufgetaucht. Was sonderbar sei, denn normalerweise würde sie bei so viel Schnee zum Schuppen hinter dem Haus kommen und sich mit den Pfauen um das Futter streiten. Nein, sagten die Banker nach kurzem Nachdenken, sie hätten die Gans heute noch nicht gesehen, obwohl sie zweimal draußen gewesen seien, sie hätten allerdings auch nicht nach ihr Ausschau gehalten. Es war niemandem aufgefallen, dass ihnen die Gans gar nicht begegnet war.

Andrew versteinerte. Am vorigen Abend war Mervyn für eine Weile verschwunden gewesen, als sie im Hot Tub saßen und ihn unerlaubterweise hatten laufen lassen. Und wenn Mervyn schon am ersten Tag einen Pfau gerissen hatte, dann hatte er womöglich auch noch die Gans auf dem Gewissen und ihre Reste wer weiß wohin geschleppt. Am Ende hatte er sie der Köchin gebracht und sie hatte das Beste draus gemacht. Vielleicht sollte er am nächsten Morgen mal nachsehen, ob von Mervyns Spuren im Schnee noch etwas zu sehen war, aber wahrscheinlich waren sie längst verweht. Auch David und Rachel wurden ganz blass. Das wollte niemand den McIntoshs angetan haben, erst der Pfau, jetzt womöglich die Gans, das war ja das reinste Geflügelgemetzel. So war Mervyn ihnen ansonsten gar nicht vorgekommen, er wirkte eigentlich sanftmütig und gehorsam, so ein Setter war schließlich kein Wolf.

Helen lachte befangen auf und beeilte sich zu sagen, diese Gans hier auf den Tellern habe sie jedenfalls schon mitgebracht, es sei eine glückliche Weidegans vom Bauern bei ihr in der Nähe, und David verschluckte sich. Er wusste selbst nicht, ob er die Selbstverständlichkeit und Überzeugungskraft, mit der Helen log, eher beeindruckend oder erschreckend finden sollte. Um Himmels willen, sagte die Lady, sie hätten natürlich keine Sekunde lang angenommen, es handle sich um ihre Gans, woher denn? Die Currygans habe den Lord nur daran erinnert, dass er fragen wollte, ob jemand die Gans gesehen hätte. Im Übrigen sei ihre Gans auch schon sehr alt, die würde sicher nicht mehr so zart schmecken, sie müsse bereits zäh sein wie Leder.

David verfiel mal wieder in Schweigen. Der Pfau schmeckte ihm sehr gut, er hätte allerdings ebenso wenig wie alle anderen gemerkt, dass es keine Gans war, was er da aß. Das Gericht war so gut gewürzt, dass man das Fleisch nicht mehr hätte benennen können. Oder doch? Es war ihm egal. Er fühlte sich schlecht, weil er wusste, dass es der Pfau der McIntoshs war, den sie da aßen, und dass nur er und Helen das wussten und alle anderen hintergingen. Was aber nichts daran änderte, dass die McIntoshs ihre Gans vermissten und Mervyn am gestrigen Abend für eine Weile verschwunden gewesen war. Wer wusste schon, wohin er sie verschleppt oder wo er sie verputzt hatte, am Ende würden die McIntoshs Tage später irgendwo die Federn und

Überreste finden. Falls Mervyn tatsächlich auch noch die Gans auf dem Gewissen hatte, war er gleich doppelter Mitwisser, ihm war ganz elend.

Glücklicherweise wechselte diesmal die Chefin das Thema und erzählte den McIntoshs vom Schaden an ihrem Wagen, den sie sich nicht erklären könne. Es müsse wohl auf dem Weg ins Tal herauf passiert sein, meinte sie, ob das hier öfter vorkomme, sie sei es nicht gewohnt, in so ländlichen Gebieten zu fahren. Die McIntoshs schlugen sich tapfer in ihrem gespielten Erstaunen. Rachel wartete halb darauf, dass sie sagten, einer der Pfauen sei manchmal aggressiv gegen blaue Dinge, aber sie sagten es nicht. Insgesamt trug der Themenwechsel nicht gerade zur Entspannung der Situation bei.

Und so verging der Abend in eigenartiger Stimmung. Alle hatten aus unterschiedlichen Gründen ein schlechtes Gewissen, alle hätten es gern wiedergutgemacht, alle bemühten sich und waren freundlich. Die Chefin der Investmentabteilung verabschiedete sich unter allerhand Entschuldigungen recht früh wieder ins Bett. Sie sei nach wie vor nicht besonders fit, es sei ein schöner Abend gewesen, aber jetzt müsse sie dringend wieder in die Horizontale, es tue ihr aufrichtig leid. Die anderen mögen sich bitte nicht stören lassen, sondern noch in aller Ruhe sitzen bleiben.

Was Lord und Lady McIntosh natürlich nicht taten, sie verabschiedeten sich kurz darauf ebenfalls, dankten für das köstliche Gänsecurry und sagten, dass sie am nächsten Tag vorbeikommen und Bescheid sagen würden, sobald sie Nachricht hatten, dass der Schneepflug da gewesen war und sie abreisen konnten. Sie sollten mal für den frühen Nachmittag damit rechnen, allzu früh würde es sicher nicht werden. Sie entschuldigten sich noch einmal für die Umstände und das Eingeschneitsein, und die Banker sagten zum wiederholten Male, dafür könnten die McIntoshs ja nun wirklich nichts, im Gegenteil, sie hätten sie ja sogar vorgewarnt, sie seien also wirklich selbst schuld, und bedankten sich ihrerseits für die Gastfreundschaft, ausdrücklich auch dafür, dass sie den Hot Tub hätten benutzen dürfen und dass die Lady nachts so unkompliziert und zuvorkommend ihre Chefin versorgt habe.

Hamish und Fiona McIntosh verließen den West-flügel und drehten noch eine Runde ums Haus, um nach der Gans Ausschau zu halten. Sie gingen zum Waschhaus, wo die Gans sich immer wieder gern aufhielt, aber auch da war sie nicht. Sie suchten überall, wo sie sich normalerweise herumtrieb. Einmal meinten sie kurz, sie schnattern zu hören, aber dann war es wohl doch irgendein anderes Geräusch gewesen.

Das sei ein sehr leckeres Curry gewesen, sagte Hamish, und Fiona sagte, ja, das sei es wohl gewesen. Nach einer Pause fügte sie hinzu, ihre Gans hätte man aber niemals so zart hinbekommen, sie sei ja uralt, das könne nun wirklich nicht sein. Der Lord sagte, das habe er auch gar nicht andeuten wollen, selbstverständlich würde er keinem der Banker, und schon gar nicht der Köchin, so etwas unterstellen. Die Lady hingegen meinte, wenn sie jemandem so etwas zutraute, dann der Köchin, denn sie habe den Eindruck, die Dame habe es faustdick hinter den Ohren. Aber doch nicht so sehr, dass sie die Gans ihrer Gastgeber schlachten würde, das nun wirklich nicht, sagte Hamish. Da sei es doch viel wahrscheinlicher, dass die Gans einfach irgendwo im Gebüsch gestorben sei. Niemand wusste mehr so genau, wie alt sie war und wie alt Gänse eigentlich werden konnten. Möglicherweise war ihre Zeit einfach gekommen. Oder sie war erfroren, allerdings war es in den vergangenen Wintern auch durchaus über längere Zeiten deutlich kälter gewesen als jetzt. Oder ein Fuchs oder eine Wildkatze hatte sie erwischt. Das war wohl am wahrscheinlichsten. Wildkatzen gab es zwar nicht mehr viele, aber gelegentlich kamen sie noch vor.

Hamish fragte, ob Gänse im Alter eigentlich auch dement werden konnten und sie sich womöglich einfach verlaufen hatte, aber eigentlich war ihnen nicht zum Scherzen zumute. Victoria war noch gar nicht so lange tot, dann hatte er den verrückten Pfau erschießen müssen, und jetzt war die Gans verschwunden, sie fanden, es reiche jetzt, alle übrigen Tiere sollten bitte gesund und munter und vorhanden bleiben. Sie freuten sich, dass Albert und Britney sie freudig begrüßten, als sie nach einer weiteren Runde ums Haus hintenherum durch die Küche hineingingen. Sie waren übereingekommen, Aileen auch nicht zu erzählen, dass sie die Gans vermissten.

Aileen allerdings war auch an diesem Tag mehrfach mit den Hunden spazieren gewesen und vermisste die Gans ebenfalls. Irgendwie schaffte sie es inzwischen einhändig, sich die Jacke anzuziehen und in ihre Stiefel zu schlüpfen. Und unterwegs rein zufällig Ryszard zu treffen. Auch als die McIntoshs im Westflügel waren, war sie mit Albert und Britney draußen gewesen und hatte noch einmal nachgesehen, ob die Gans wieder aufgetaucht war. Zunächst hatte sie die McIntoshs nicht beunruhigen wollen, aber jetzt hatte sie beschlossen, es ihnen zu sagen. Als die beiden in die Küche kamen, fragte sie allerdings erst mal, wie denn das Essen gewesen sei und was es gegeben habe. Geflügelcurry, sagte der Lord vorsichtig, und Aileen fragte sofort nach, welches Geflügel denn. Gans, sagte die Lady, was ja recht ungewöhnlich für ein Curry sei, aber vorzüglich geschmeckt habe, die Köchin verstehe ihr Handwerk wirklich und habe ihnen auch allerhand Interessantes über Curry erklärt. Fiona McIntosh wollte eigentlich vom Thema Gans ablenken, aber Aileen machte sich Sorgen. Und das sagte sie auch. Sie sagte, sie habe die Gans den ganzen Tag noch nicht gesehen, sie sei nicht bei den Pfauen im Schuppen, ob einer von ihnen sie gesehen hätte. Wenn sie es recht bedenke, habe sie sie wohl zuletzt irgendwann gestern Nachmittag gesehen.

Lord McIntosh runzelte die Stirn und sagte, sie traue Helen doch nicht etwa zu – nein, nein, sagte Aileen, so weit habe sie noch gar nicht gedacht, sie mache sich nur Sorgen um die Gans, aber jetzt, wo der Lord es sage, diese Köchin wirke doch irgendwie recht resolut, und immerhin habe sie jetzt einen Tag länger kochen müssen als ursprünglich geplant.

Also bitte, sagte Fiona McIntosh, das sei doch nun wirklich absurd, und wiederholte die Gedanken, die sie und der Lord sich gemacht hatten.

Aileen fragte, ob sie noch einmal hinausgehen und nach der Gans suchen solle. Die McIntoshs winkten ab, das hätten sie gerade schon getan. Die Gans sei immer noch nicht im Schuppen, und sie hätten das Haus bereits zweimal umrundet und überall dort nachgesehen, wo die Gans sich normalerweise gern aufhielt.

Und so kochten sie noch einen Tee und gingen dann zeitig ins Bett. Wären sie noch einmal hinausgegangen, hätten sie drei Gestalten im Bademantel und keinen Hund in Richtung Hot Tub durch den Schnee stapfen sehen.

Die drei im Hot Tub waren ziemlich still. Bis Rachel irgendwann leise sagte, Mervyn habe die Gans doch sicher nicht gerissen, oder? Andrew und David konnten sich das ebenfalls nicht vorstellen, aber immerhin hatte Mervyn auch den Pfau gerissen. Ob ihnen aufgefallen sei, dass der Pfau verblüffend wenig zerfetzt war, fragte Andrew, normalerweise würde ein Hund, wenn er ein Tier reißt, doch nicht so vorsichtig damit umgehen und es dann seinem Frauchen bringen. Vielleicht habe es damit zu tun, dass Mervyn kein wildes Tier war, sagte David, sondern die Großstadt gewohnt, wer wisse schon, was das mit den Instinkten eines Hundes mache. Vielleicht liege es auch daran, dass er mit der Chefin auf die Jagd gehe, aber dort apportiere er ja auch nur geschossene Tiere, keine, die er selbst gerissen habe. Das war alles sehr eigenartig, fanden sie, und Rachel überlegte, ob Mervyn auch die Gans jemandem gebracht haben könnte, und zwar der Köchin. Immerhin verwöhnte sie ihn nach Strich und Faden. Wer seinem Frauchen einen Pfau bringt, bringt vielleicht auch der Köchin eine Gans. Womöglich war Mervyn nicht so harmlos, wie er tat. Rachel und Andrew kamen zu dem Schluss, dass es immerhin möglich war, dass sie die Gans der McIntoshs soeben gegessen hatten.

David wusste natürlich, dass sie weder diese noch überhaupt eine Gans gegessen hatten, sondern den Pfau, aber das erklärte nicht, was Mervyn mit der Gans gemacht hatte. Falls er etwas mit ihrem Verschwinden zu tun hatte, was in der Tat sehr gut möglich war.

Er fühlte sich immer unwohler, das gehe jetzt aber wirklich zu weit, sagte er, so etwas würde Helen doch nie und nimmer tun. Was schon wieder gelogen war, Helen hatte schließlich genau das getan, allerdings nicht mit der Gans. David war kurz davor, den beiden alles zu erzählen. Rachel sagte, Helen sei auch die halbe Nacht nicht im Bett gewesen. Sie habe immer angenommen, Helen würde Liz versorgen und ihr Getränke und Medikamente und frische Nachthemden bringen und das Fieber messen, aber womöglich habe sie in der Zeit auch gleich die Gans gerupft und küchenfertig gemacht. Die Männer fragten, ob sie ihr das im Ernst zutrauen würde, und Rachel beeilte sich zu sagen, nein, nein, das wäre doch nur ein Scherz gewesen, und sie sehe ein, dass er nicht lustig war, natürlich sei es nicht diese Gans gewesen, die sie gegessen hätten.

David schwieg. Und so wurden auch Rachel und Andrew still, aber es war ein anderes Schweigen als am

Abend zuvor. Alle drei fragten sich, ob Mervyn die Gans gerissen haben konnte, und zwei von ihnen hielten es für möglich, dass Helen sie in der Nacht verarbeitet und sie sie soeben verspeist hatten. Alle drei wünschten sich die Stimmung vom letzten Abend zurück, aber sie ließ sich auch durch Schweigen nicht mehr herstellen.

Aber nach und nach tat das warme Wasser doch seine Wirkung, ebenso wie die Sterne und der Schnee, der das Mondlicht reflektierte. Andrew freute sich auf seine Frau, David sich auf seinen Mann. Rachel freute sich, dass das Wochenende am Ende dann doch ganz erfolgreich gewesen war. Von ihren geplanten Aktionen hatten sie gerade mal den Hüttenbau angefangen, alles andere hatte sie gar nicht erst zur Sprache gebracht, weil sie nicht rauskonnten und die Banker ohnehin ganz anders arbeiteten, als sie sich das vorgestellt hatte. So hatte sie nur gelegentlich moderierend eingegriffen, aber ihr geplantes Programm fast komplett über den Haufen geworfen. Sie war nicht sicher, ob ihre Anwesenheit hier für die Gruppe von irgendeinem Nutzen gewesen war, aber im Moment war ihr das egal. Für die Gruppe selbst hatte das Wochenende sich auf jeden Fall gelohnt, das merkte man ihnen allen an, und das zeigten auch die Ergebnisse auf den Metaplantafeln. Da war es nicht so wichtig, inwiefern sie daran beteiligt war, jedenfalls für die Bank nicht. Für sie selbst vielleicht schon. Sie rutschte noch ein bisschen tiefer ins Wasser.

In David wuchs plötzlich eine geradezu kindliche Freude darüber, an einem so tollkühnen Streich beteiligt zu sein. Immerhin hatte er niemandem etwas getan, der Pfau war ja schon tot gewesen, und dass man ihn kochen könnte, war auch nicht seine Idee gewesen. Er staunte selbst über dieses Gefühl und hoffte nur, dass sich nicht noch herausstellen würde, dass Mervyn tatsächlich auch die Gans gerissen hatte. Hätten sie ihn mal besser an der Leine gelassen.

Als sie ins Haus kamen, sang niemand. Die Chefin schlief sich gesund, Bernard war ebenfalls schon im Bett – sie hatten getauscht, inzwischen schlief David oben, weil Bernard mit seinem geschwollenen Knie die Leiter nicht hinaufkam –, und Jim und Helen saßen bei einem Glas Wein in der Küche. Die drei setzten sich noch kurz dazu, aber es wollte nicht mehr recht ein Gespräch aufkommen.

Am nächsten Morgen stellte die Situation sich also folgendermaßen dar: Lord McIntosh wusste, dass der Pfau den Wagen der Chefin der Investmentabteilung beschädigt hatte und er ihn deswegen erschossen und im Wald gelassen hatte. Das hatte er auch Ryszard erzählt, denn es bedeutete, dass er die Pfauen nicht mehr dreimal täglich in den Wald locken und vom Haus fernhalten musste, sondern sich wichtigeren Dingen widmen konnte. Die Lady wusste es natürlich ebenfalls, Aileen hatten sie es nach wie vor nicht erzählt.

Ryszard hätte, wenn er genauer geguckt hätte, einen großen Vogel in der Speisekammer gesehen. Er hatte aber nicht darauf geachtet und hätte den Vogel womöglich ebenfalls für eine Gans gehalten. Womöglich auch nicht.

Die Reisegruppe wusste, dass Mervyn einen Pfau gerissen hatte, den David mit Helens Hilfe im Wald hatte verschwinden lassen. David und Helen wussten, dass sie das keineswegs getan, sondern den Kollegen den toten Pfau als Curry serviert hatten. Nur Helen wusste, dass Mervyn den Vogel gar nicht gerissen hatte, sondern Letzterer erschossen worden war. Mit Schrot. Sie konnte sich allerdings keinen Reim darauf machen, wer das warum getan haben sollte. Sie hatte den Verdacht, dass jemand wildern wollte, aber im letzten Moment erwischt worden war und den toten Pfau darum im Wald gelassen hatte. Ein Gourmetwilderer offenbar; jeder andere hätte wohl eher einen Fasan geschossen.

Sie war jetzt vor allem froh, den Abend mit dem Pfauencurry gut überstanden zu haben; offensichtlich hatte niemand gemerkt, was sie da aßen. Womöglich hatte der ein oder andere den Verdacht, sie hätten die Gans gegessen, aber das war ja nun wirklich vollkommen absurd und würde sich bestimmt aufklären, sobald die Gans der McIntoshs wieder auftauchte. Und das musste sie ja. Sie würden es vermutlich gar nicht mehr erfahren, denn immerhin sollte heute der Schneepflug kommen und sie würden nach London zurückkehren. Blieb die Frage, wo die Gans eigentlich war.

David wusste, dass sie den Pfau gegessen hatten, und er war mitschuldig, dass Mervyn zumindest die Möglichkeit gehabt hatte, die Gans zu reißen. Was er ihm immer noch nicht zutraute, obwohl er ja eindeutig auch den Pfau gerissen hatte. Blieb die Frage, wo die Gans eigentlich war.

Alle wussten, dass der Wagen der Chefin beschädigt war. Rachel hatte bei ihrer Ankunft gesehen, dass der Pfau einen blauen Bogen Seidenpapier zerfetzt hatte, und ahnte, dass dieser Pfau auch den Wagen der Chefin beschädigt hatte. Das konnte sie aber nicht gut äußern, denn es hätte gewirkt wie eine Schuldzuweisung an die McIntoshs, die ja gar nichts dafür konnten. Sie hatte die Pfauen in den folgenden Tagen recht genau beobachtet, weil sie sich in ihrer blauen Jacke ein wenig vor ihnen fürchtete, aber kein auffälliges Verhalten mehr festgestellt. Womöglich hatte Mervyn just den verrückten Pfau gerissen, offenbar waren dessen Instinkte ja in Unordnung geraten, vielleicht hatte er es deswegen auch nicht geschafft, sich rechtzeitig vor dem Hund in Sicherheit zu bringen. Sonst wäre er ja sicher auf den nächstbesten Baum geflattert.

Wegen der Gans war Rachel nicht sicher. Sie traute Helen durchaus zu, eine Gans zu rupfen und zu verarbeiten, wenn sie sowieso schon tot war. Aber wenn ein Hund eine Gans riss, brachte er sie ja sicher nicht unbeschädigt in die Küche, und dass Helen ihnen das aufgetischt haben sollte, was Mervyn übrig gelassen hatte, nachdem er mit der Gans fertig gewesen war, konnte sie nicht glauben. Außerdem war die Gans der McIntoshs alt und wäre sicher nicht mehr so schmackhaft und zart gewesen wie das Fleisch, das sie gegessen hatten. Blieb die Frage, wo die Gans war.

Jim wusste, dass ein Gewehr im Wald versteckt gewesen war, und zwar nicht weit entfernt von der Stelle, wo Mervyn den Pfau gerissen hatte, dachte aber, es hätte sich um ein Moderationsspielchen gehandelt. Er konnte sich allerdings weder erklären, wie Rachel es dorthin geschmuggelt hatte, noch, wann sie es zurückgeholt hatte und wo es jetzt war. Sie musste sich nachts noch einmal heimlich hinausgeschlichen haben.

Beim gemeinsamen Gänsecurry hatte er auf Schrot gebissen. Die Gans der McIntoshs war verschwunden. Es lag auf der Hand, was passiert war, auch wenn ihm nicht klar war, warum Helen das getan hatte. Normalerweise erschoss man Gänse nicht mit Schrot, sondern schlachtete sie fachgerecht. Wer hatte das Gewehr im Wald versteckt? Rachel? Konnte Helen es dort gefunden haben? Und damit die Gans erschossen? Wahrscheinlich steckten die beiden Frauen unter einer Decke. Für Jim bestand kein Zweifel, dass sie die Gans der McIntoshs gegessen hatten und dass sie mit dem Gewehr erschossen worden war, das er im Wald gesehen hatte. Es hatte keinerlei Notwendigkeit für einen so dreisten Coup bestanden, es wäre genügend zu essen für alle da gewesen. Aber irgendwie bewunderte er Helens Chuzpe. Warum auch immer sie das getan hatte. Vielleicht hatte sie einfach Lust auf Gänsefleisch gehabt.

Bernard hätte gewusst, wem das Gewehr gehörte und wer es aus dem Wald geholt hatte, denn er hatte den

Lord ja beim Heimkommen gesehen. Er wusste allerdings nicht, dass der Lord an dem Abend ohne das Gewehr in den Wald hineingegangen war und das Gewehr schon ebenso lange dort gelegen hatte wie der tote Pfau. Er hielt das auch alles für nicht weiter bemerkenswert, der Lord war immerhin Grundbesitzer und hatte Wald, da lief man wohl manchmal mit einem Gewehr herum.

Viel wichtiger war, dass es seinem Knie an diesem Morgen schon viel besser ging. Es ging ihm überhaupt überraschend gut, beinahe hätte er auf dem Weg ins Bad ein Liedchen gepfiffen. Blieb die Frage, wo die Gans war, aber auch das interessierte ihn in Wahrheit nicht besonders. So ein frei umherlaufendes Tier verschwand halt mal, oder es war erfroren.

Andrew hatte irgendwie im Kopf, es wäre von Fasan die Rede gewesen. Er wunderte sich ein wenig, dass es dann doch eine Gans gegeben hatte, die Helen schon von zu Hause mitgebracht haben wollte, obwohl er beim Hereintragen der Vorräte keine Gans bemerkt hatte, aber das hieß vielleicht alles nichts. Vielleicht hatte er sich das mit dem Fasan auch nur eingebildet. Blieb die Frage, wo die Gans war. Mervyn hatte die Gelegenheit gehabt, sie zu reißen, und sie hatten eine Gans gegessen. Was das nun bedeutete, wollte er lieber gar nicht so genau wissen.

Liz ging es ebenfalls deutlich besser. Sie bekam wieder einigermaßen Luft und fühlte sich zwar noch etwas erschöpft, aber gleichzeitig irgendwie ausgeruht. Und sie hatte Hunger.

Die Chefin wusste am wenigsten von allen, sowohl, was den Pfau, als auch, was die Gans anging. Dass sie eine Gans gegessen hatten und eine Gans verschwunden war, führte nicht dazu, dass sie irgendwelche Schlüsse zog. Sie wunderte sich, dass Mervyn einen Pfau gerissen hatte und was da in ihn gefahren war. Und was mit ihrem Auto passiert war. Außerdem blieb die Frage, wo die Gans der McIntoshs war.

Mervyn hätte als Einziger gewusst, was mit der Gans war, aber er wurde nicht gefragt. Ansonsten verstand Mervyn wenig. Er hatte den erschossenen Vogel apportiert, wie er es gelernt hatte, und war dafür ausgeschimpft worden. Die Menschen hatten den Vogel erst im Wald gelassen, dann aber später nackt doch noch ins Haus geholt. Das war sonderbar. Er verstand außerdem nicht, warum er dauernd angeleint worden war, obwohl es so viel zu entdecken gab, warum er nicht mit den anderen Hunden umherrennen durfte, und was seine Chefin gegen den toten Affen hatte, der so gut roch.

Alle freuten sich, dass sie mit dem Teambuilding so gut vorangekommen waren.

Nach dem Frühstück machten alle zusammen einen Spaziergang. Sogar Bernard ging mit, er sagte, seinem Knie gehe es schon deutlich besser, ebenso Liz, die meinte, es sei Zeit für ein wenig frische Luft. Die Chefin hatte verkündet, dass an diesem Tag nicht mehr gearbeitet werden sollte. Sie hatten genug geschafft, viel mehr, als sie sich von diesem Wochenende versprochen hatte, heute wollten sie nichts mehr machen, außer nach Hause zu fahren, die Fahrt würde noch lang genug werden. Alles andere hatte Zeit bis morgen.

Auf dem Spaziergang wurde verhalten darüber gescherzt, dass Mervyn jetzt hoffentlich nicht die tote Gans aus dem Wald holen würde, aber darüber lachen konnte niemand so richtig. Außerdem war Mervyn angeleint. Als sie an der Stelle vorbeikamen, wo er den Pfau aus dem Wald geholt hatte, sah Liz ihm tief in die Augen und sagte, sie könne es immer noch nicht glauben. Mervyn sah sie von unten herauf an und verstand nicht, was sie von ihm wollte. Sein Frauchen war in letzter Zeit ziemlich seltsam.

Einige Schritte hinter ihnen dachten auch Bernard und David daran zurück. Bernard wunderte sich, dass Mervyn einen Vogel gerissen und ihn dann nicht gefressen hatte, und fragte sich, ob Pfau womöglich nicht schmeckte. Er sagte zu David, eigentlich hätte man den Pfau doch auch gut essen können, wo Mervyn ihn doch schon gemeuchelt hatte, es sei doch geradezu Verschwendung gewesen, ihn zu beerdigen. Ob David wisse, ob man Pfauen essen könne? Keine Ahnung, sagte David, das habe er jedenfalls noch nie gehört, und dann schämte er sich. Warum eigentlich nicht?, sagte Bernard, andere Vögel in dieser Größe esse man ja auch, Gänse oder Puten beispielsweise. Wobei Pfauen sicher weniger fett seien als Gänse, und erst dann fiel ihm auf, dass ihm das Curry am Vorabend gar nicht so fettig vorgekommen war. Aber diesen Gedanken sprach er nicht aus, und dann war er auch schon wieder weg.

Nach dem Spaziergang packten alle ihre Sachen und wurden geradezu ein wenig wehmütig. Es war schön hier oben, mit dem Schnee und den ganzen Tieren und dem rauschenden Bach und dem Hot Tub und den reizenden McIntoshs. Und so weit weg vom Rest der Welt.

Liz ging in die Küche, um Helen noch einmal um eine Kanne Ingweraufguss zu bitten. Auf dem Weg in die Küche fiel ihr auf, dass eines der Bilder schief hing, und sie hängte es gerade. Der Stich hieß *The weighing of the birds* und zeigte eine Gesellschaft, die offenbar gerade von der Jagd heimkehrte und verschiedene Vögel auf eine große Waage legte, Fasane, Rebhühner, Moorhühner, sogar ein Schwan war dabei. Eigentlich, sagte sie zu Helen, hätten sie den Pfau doch auch gut essen können, wo er doch schon tot gewesen sei. Ob sie wisse, ob man Pfauen essen könne? Helen blieb cool. Aber sicher, sagte sie, man könne sie herrlich mit Zitrone und Basilikum zubereiten, zum Beispiel, oder im Ganzen im Ofen backen, man müsse sie nur mit genügend Speck umwickeln, damit sie nicht zu trocken würden. Ehrlich gesagt, sie habe das auch kurz gedacht, aber nicht gewagt, ihr das vorzuschlagen. Oje, sagte die Chefin, ob sie etwa so furchteinflößend wirke, dass man ihr keine ungewöhnlichen Vorschläge machen könne. Jetzt nicht mehr, sagte Helen und lächelte. Liz nahm den Ingweraufguss und ging in ihr Zimmer, den Koffer packen.

Helen holte die Tupperdose mit der Pfauenleber aus dem Kühlschrank und packte sie nach ganz unten in die Lebensmittelkiste. Sie würde sie mit nach Hause nehmen und dort eine schöne Pastete davon machen. Und sie jemandem vorsetzen, der sie zu schätzen wüsste.

Ungefähr um die Mittagszeit kam der Schneepflug, der Fahrer sagte, es dürfe jetzt kein Problem mehr sein, mit normalen Autos ins Tal zu kommen. Sie sollten nur an der einen steilen Stelle vorsichtig sein, das sei ein Nordhang und oft ein wenig glatt. Die McIntoshs verabschiedeten sich von ihren Gästen, entschuldigten sich für die Unannehmlichkeiten, und die Gäste sagten, nein, nein, sie hätten vielmehr zu danken für die wunderbare Betreuung, vor allem Liz bedankte sich für die unkomplizierte Hilfe in ihrer durchfieberten Nacht, und so reisten die Londoner Banker unter wechselseitigem Austausch von Höflichkeiten ab.

Liz wurde beim Einsteigen wieder an den Schaden an ihrem Wagen erinnert und wunderte sich erneut. Aber da konnte man wohl nichts machen, die Reparatur würde schon nicht die Welt kosten. Es gab Wichtigeres.

Hamish und Fiona McIntosh waren heilfroh, dass die Banker weg waren. So froh, dass sie spontan eine Flasche Sekt aufmachten und fürchterlich lachen mussten. Erst demolierte der Pfau den Wagen der blöden Ziege, dann erschoss der Lord den Pfau (was überhaupt nicht zum Lachen war), dann schneiten die Banker ein und mussten länger bleiben, dann wurde die blöde Ziege krank und war plötzlich gar nicht mehr so eine blöde Ziege, dann brannte die Sicherung durch, und zum Schluss verschwand auch noch die Gans. Das war ein bisschen viel für ein einziges Wochenende. Und die Frage, ob sie nun ihre eigene Gans gegessen hatten, war auch noch nicht aus der Welt. Diese Köchin war ja wirklich eine reizende Person, aber doch auch ganz handfest; sie waren sich einig, dass sie ihr im Prinzip durchaus zutrauten, eine Gans zu schlachten, aber nicht, dass sie sich an ihrer Gans vergangen hatte. Warum hätte sie das tun sollen? Aber ein Restzweifel blieb.

Aileen hingegen war überzeugt, dass die McIntoshs die Gans gegessen hatten. Was denn sonst, so eine Gans verschwand ja nicht einfach, die Gans war noch nie verschwunden, sie lebte seit Ewigkeiten hier und hatte den immer gleichen Aktionsradius. Und woher hätte die Köchin denn die Gans haben sollen, die sie zubereitet hatte? Von Ryszard jedenfalls nicht, er verkaufte keine Gänse. Mitgebracht? Das hatte sie beim Essen behauptet, hatten die McIntoshs erzählt, aber Aileen glaubte nicht daran. Nein, für Aileen gab es keinen Zweifel, dass die McIntoshs ihre eigene Gans gegessen hatten.

Später am Nachmittag machten der Lord und die Lady einen Spaziergang und nahmen Albert mit. Beide waren in Gedanken noch bei der Bankergruppe, beim gestrigen Abendessen und bei der Gans. Sie drehten eine große Runde und waren recht schweigsam, bis die Lady leise anfing, über Aileens Armbruch zu reden; dass sie ja jetzt noch vier Wochen lang den Gips tragen müsse, also bei ihnen bleiben würde bis kurz vor Weihnachten, und dass ihr das eigentlich nicht so richtig passe. Wäre Aileen in der Lage gewesen, ihr bei irgendetwas zu helfen, dann natürlich gern, aber im Moment war sie eine zusätzliche Belastung und keine Hilfe.

Fiona und Hamish überlegten gemeinsam, wie die nächsten Wochen zu bewältigen sein würden, Weihnachten und die Kinder waren im Anmarsch, das Trimester ging zu Ende, Hamish musste Hausarbeiten und Klausuren seiner Studenten korrigieren, bei Fiona musste der Jahresabschluss gemacht werden, und während ihnen immer noch weitere Termine einfielen, die im Dezember noch anstanden, merkten sie gar nicht, dass Albert am Eishaus stehen geblieben war, ins Fenster hineinsah und bellte. Sie gingen einfach weiter und vermissten ihn erst nach einer Weile. Sie riefen. Albert kam nicht. Sie riefen wieder, sie riefen lauter, Albert blieb, wo auch immer er war. In der Ferne hörten sie ihn bellen.

Der Lord ging ein paar Schritte zurück und rief noch einmal. Albert tauchte am Ende des Weges auf und bellte. Dann sah er den Lord an, bellte wieder, drehte sich um und lief zurück. Bis der Lord schließlich verstand, dass Albert ihm etwas zeigen wollte.

Albert lief zum Eishaus. Immer wieder blieb er nach ein paar Schritten stehen und vergewisserte sich, dass der Lord ihm noch folgte. Ein Stück hinter dem Lord kam die Lady. Kurz vor dem Eishaus gab es noch eine kleine Kraftprobe zwischen Albert und Lord McIntosh. Der Lord musste doch verstehen, dass hier etwas war, was nicht richtig war! Albert verstand die Gänsesprache nicht, aber er verstand, dass die Gans anders klang als sonst. Er wusste auch, dass sie sonst nie dadrin war. Er musste seine Herde beisammenhalten, und die Gans gehörte zur Herde und nicht in dieses kalte, dunkle Loch.

Irgendwann bequemte der Lord sich endlich Richtung Eishausfenster. Er rutschte aus, fiel hin und fluchte. Und dann war er beim Eishaus.

Im Eishaus saß die Gans. Sie war bereits am Samstag Mittag dort hineingerutscht. Freiwillig hätte sie sich dort nicht hineingetraut, es ging steil nach unten und war dunkel. Aber beim ersten Schnee wollte sie auf dem Weg ums Haus eine Abkürzung nehmen und war ausgerutscht, und weil sie dann schon unten vor dem Eingang des Eishauses gesessen hatte und wegen des Schnees nicht mehr hinaufkam, starrte sie eine Weile ins Eishaus, weil sie Angst hatte. Ihre Augen gewöhnten sich an die Dunkelheit, und schließlich watschelte sie hinein. Und stellte fest, dass es dort etwas wärmer war als draußen und dass es außerdem Heu gab. Das Heu hatte der Lord dort gelagert, weil es im Eishaus schön trocken blieb. Heu war nicht gerade das Lieblingsessen der Gans, aber es war besser als gar nichts, und außerdem wärmte es. Und so saß sie dort seit zwei Tagen fest.

Es war auch nicht so, dass das niemand gewusst hätte – zwei der Pfauen wussten es, und Mervyn wusste es auch. Sie alle hatten am hinteren Ende durch die kleine Öffnung geschaut, und die Gans hatte sie angeschnattert. Herausgeholt hatte sie trotzdem niemand.

Der Lord rief seiner Frau zu, hier sei sie, und seine Frau fragte, wer jetzt? Na, die Gans, rief Hamish und überlegte, wie er sie dort herausbekommen sollte. Wenn kein Schnee lag, konnte man hineingehen, schließlich hatte er im Spätsommer auch etwas Heu dort eingelagert, aber bei so viel Schnee war es schwierig, es ging steil hinunter, und der Eingang lag voller Schnee. Im Übrigen nahm er an, dass die Gans vom Wall abgerutscht war und allein nicht mehr herauskam, denn sonst wäre sie nicht tagelang dort dringeblieben. Er konnte sie also nicht einfach hinausscheuchen, und anfassen ließ sie sich erfahrungsgemäß auch nicht, also musste er ihr irgendwie einen Weg bauen. Eine Rampe musste her.

Hamish lobte Albert überschwänglich für seine wirklich außergewöhnliche Intelligenz, bedankte sich, dass er die Gans gefunden und ihm gezeigt hatte, und dann gingen sie erst mal nach Hause und riefen Ryszard an.

Ryszard kam und brachte ein paar lange Bretter mit, mit denen sie der Gans eine Rampe bauten. Die Gans war ein bisschen blöd und ein bisschen verängstigt, außerdem hatte sie tagelang im Dunkeln gesessen und nur etwas Heu gefressen, daher dauerte es eine Weile, bis sie verstanden hatte, was sie tun sollte, und sich auf den Weg über die Bretter hinaus ins Freie machte. Draußen schnatterte sie nicht und griff niemanden an und flatterte nicht mit den Flügeln, sondern watschelte ohne weiteren Kommentar schnurstracks und, so schnell sie konnte, zur Futterstelle am Schuppen.

Hamish und Ryszard ließen die Bretter einfach liegen und gingen in die Küche, wo die Lady ihnen einen

Hot Toddy zubereitete. Sie gab Honig, Whisky und frisch gepressten Zitronensaft in Gläser und füllte sie mit sehr heißem Tee auf. Die Männer machten ihr spontane Liebeserklärungen, denn sie waren ordentlich durchgefroren. Sie waren im Schnee ausgerutscht und hatten mit nassen Hosen weitergearbeitet. Die blöde Gans, erzählten sie der Lady, hätte es erst nicht kapiert und sich dann nicht mal bedankt.

Und das, sagte die Lady, wo sie sie beinahe gegessen hätten, die Gans solle doch froh sein, dass sie das nicht getan hatten und dass Albert sie außerdem im Eishaus gefunden hatte. Undankbares Volk. Sie berichteten Ryszard von ihrem Verdacht, die Gans möglicherweise gegessen zu haben, und Ryszard sagte, so etwas würde man doch sicher niemandem zutrauen, schon gar nicht dieser netten Dame, die sich so gut mit Gemüse aus-kannte.

Aileen freute sich sehr, dass die Gans wieder da und nicht gegessen worden war. Alle waren erleichtert, bis Aileen sagte, sie wolle die McIntoshs ja nicht schon wieder beunruhigen, aber sie glaube, dass außerdem ein Pfau fehle. Da müsse doch noch ein Männchen mehr gewesen sein, ein relativ junges, womöglich das, was im Sommer gelegentlich verrückt gespielt hatte. Im Übrigen sei ihr aufgefallen, dass am blauen Wagen der Bankerchefin hinten links Dellen und Kratzer ge-wesen seien. Sie sah erwartungsvoll vom Lord zur Lady und wieder zurück, da klingelte das Telefon. Die Lady nahm ab, der Lord machte sich am Herd zu schaffen, und Ryszard spielte mit Britney.

Die Bakshis waren dran, wie angekündigt. Sie wollten über Silvester gern kommen, fragten, ob ein Cottage frei und ausreichend beheizbar sei, und freuten sich sehr, dass die Lady sie auch gleich einlud, an ihrer privaten Silvesterfeier teilzunehmen, die immer ein großer Spaß sei. Dann erkundigten sie sich nach dem Pfau und ob er sich beruhigt habe. Die Lady warf einen Seitenblick auf Aileen, die es ja ohnehin schon ahnte, holte tief Luft und sagte zu den Bakshis, nun ja, es sei also so, und zu Aileen, sie möge ruhig zuhören, das werde ihr nicht gefallen, und es tue ihr auch sehr leid, aber der Lord habe den Pfau erschießen müssen. Sie erzählte, was passiert war und dass der Lord in dem Moment keine Wahl gehabt habe. Mrs Bakshi kondolierte und fragte vorsichtig nach, wie nahe es den McIntoshs ging.

Aileen jedenfalls ging es sehr nahe. Sie sagte leise mit bebender Unterlippe, das finde sie nicht richtig, und dann war sie still, denn die Lady telefonierte ja noch. Aileen fühlte sich plötzlich ganz elend. Der Lord hatte einen Pfau erschossen, bloß weil er ein bisschen verrückt war, sie saß seit Tagen hier fest und konnte rein gar nichts machen außer Spazierengehen, unter ihrem Gips juckte es fürchterlich, und wie sie Weihnachten verbringen würde, wusste sie auch noch nicht. Sie schluckte, und dann legte sich von hinten eine Hand auf ihre Schulter, eine große, schwielige Hand mit Schmutz unter den Fingernägeln, und drückte sie leicht. Nur kurz, dann war Ryszard an ihr vorbeigegangen, aber doch lang genug, dass Aileen fürchtete, gleich vollends in Tränen auszubrechen. Sie nahm sich ganz schnell ihre Jacke und ging hinaus. Britney und Albert nahm sie mit. Ryszard folgte ihr nach einem Blickwechsel mit dem Lord, während die Lady das Gespräch mit den Bakshis beendete.

Und dann saßen Lord und Lady McIntosh am Küchentisch, rührten in ihren Teetassen und fragten sich, wie die Leute eigentlich manchmal auf die Idee kamen, in so einem abgeschiedenen Tal wäre nichts los. Es tat ihnen leid um den Pfau, und es tat ihnen auch leid, dass sie es Aileen verschwiegen hatten und es ihr dann doch hatten sagen müssen. Aber wenigstens war die Gans wieder aufgetaucht und die Bankerinvasion überstanden. Das Leben ging weiter.

Für den Pfau ging das Leben natürlich nicht weiter, und so bestand Aileen, als sie mit sichtlich geröteten Wangen wieder hereinkam, darauf, dass er wenigstens würdig bestattet werde. Das sei ja wohl das Mindeste, sagte sie und machte keinen Hehl daraus, was sie davon hielt, dass der Lord ihn kurzerhand erschossen hatte. Man hätte ihn doch vorübergehend ins Eishaus sperren und den Tierarzt zurate ziehen können, sagte sie, und Hamish musste einsehen, dass sie recht hatte. Bei dem vielen Schnee sei er allerdings nicht sicher, ob er den toten Pfau gleich wiederfinden würde, und außerdem sei ja der Boden gefroren und man könne nicht gut ein Grab ausheben. Ob er ihn nicht vielleicht einfach im Wald lassen könne, der Wald sei doch ein schönes Grab. Hamish war erschöpft vom Besuch der Banker und dem vielen Schnee, er wollte sich gern vor den Kamin setzen und lesen. Aileen warf ihm den Blick zu, der keinen Widerspruch duldete, und sagte, Ryszard könne ja mit dem kleinen Bagger, mit dem er sonst Gräben aushob, ein Grab ausheben, er müsse ja nicht von Hand schaufeln.

Na komm, sagte Fiona. Und so standen Lord und Lady McIntosh auf, zogen ihre warmen Jacken an, nahmen einen Korb mit und gingen in den Wald, den toten Pfau holen.

Kurz vor Weihnachten bekam Helen in ihrer kleinen Londoner Wohnung Besuch von ihrer alten Freundin Indira. Sie hatten einander schon seit Monaten nicht gesehen und sich jede Menge zu erzählen. Es gebe nur ein einfaches Sandwich, sagte Helen mit blitzenden Augen. Indira wusste ganz gut, was das bedeutete. Helen trug selbst gebackenes Brot und Wein auf, und dann kam die Überraschung: Sie hatte eine Leberpastete eingekocht. Indira sollte raten, von welchem Tier, und damit war schon mal klar, dass es keines der üblichen war. Auf jeden Fall Geflügel, das schmeckte Indira heraus, womöglich Fasan, aber etwas sei ungewöhnlich. Das könne doch gewiss keine Pfauenleber sein. Doch, sagte Helen, genau das sei es. Und dann erzählte sie die ganze Geschichte: dass sie gebucht worden war für eine Teambuildingmaßnahme der Investmentabteilung einer Londoner Privatbank, irgendwo in Schottland, in einem kleinen Tal am Fuße der Highlands, und wie der Hund der Chefin der Investmentabteilung im Wald einen Pfau gerissen hatte und ein junger Banker ihn verschwinden lassen sollte. Und da habe sie diesem Banker, David, unter die Arme gegriffen und eben das Naheliegende getan und den Pfau zubereitet, es wäre ja Verschwendung gewesen, das ohnehin schon tote Tier einfach im Wald vergammeln zu lassen. Allerdings habe sie das der Chefin natürlich nicht erzählen können. Indira nickte staunend, und Helen plapperte weiter, wie es eben ihre Art war: Beim Rupfen habe sie dann allerdings bemerkt, dass gar nicht der Hund der Chefin den Pfau gerissen habe, er vielmehr erschossen worden sei. Sie habe sich das nicht erklären können, warum sollte jemand einen Pfau erschießen und ihn dann im Wald liegen lassen, wahrscheinlich habe jemand wildern wollen und sei gestört worden, aber jedenfalls habe sie den Pfau also zu einem Curry verarbeitet und es den Bankern nicht erzählt. Beziehungsweise nur diesem David, einem reizenden jungen Mann, der aber immer noch denke, Mervyn, der Hund, hätte den Pfau gerissen. Sie habe jetzt durchaus ein schlechtes Gewissen, vor allem, weil die Chefin am Ende auch noch ihre ausgesprochen freundlichen und angenehmen Gastgeber eingeladen habe und sie nun also Lord und Lady McIntosh ihren eigenen Pfau vorgesetzt habe, aber das habe sie ja nun wirklich nicht ahnen können. Und in dem Moment sei es natürlich längst zu spät gewesen, irgendjemandem zu sagen, dass sie den Pfau nicht wie gewünscht habe verschwinden lassen. Am Ende habe sie den Pfau auch noch als Gans ausgeben müssen, obwohl Gans ja vollkommen anders schmecke und viel fetter sei, aber niemand habe Verdacht geschöpft. Ob die Pastete ihr schmecke?

Helen war mal wieder so in ihrem Redefluss, dass sie gar nicht merkte, wie ihrer Freundin nach und nach die Gesichtszüge entgleisten.

Ja, sehr gut, die Pastete, sagte Indira Bakshi. Hervorragende Pastete.

»Wenn ich mir fünf Bücher für
die einsame Insel aussuchen müsste,
Die Buchhandlung wäre unbedingt
dabei.«
Michael Ondaatje, Druckfrisch

Florence Green erwirbt in Hardborough, einem verschlafenen
Dorf an der Küste Ostenglands, das Old House als zukünftiges
Domizil für ihre Buchhandlung. Dass das Gebäude anscheinend
von einem Poltergeist besessen und bis auf die Grundmauern
feucht ist, bringt sie von ihrem Vorhaben ebenso wenig ab wie die
Tatsache, dass sie von finanziellen Dingen keine Ahnung hat. Voller Schwung stürzt sie sich in die Vorbereitungen und stattet ihre
Buchhandlung liebevoll aus. Die Einwohner des kleinen Städt-
chens begegnen dem Unternehmen zunächst mit Skepsis, bald
stellen sich jedoch erste Stammkunden ein. Als Florence Green
aber dann ein gerade erschienenes Buch eines bis dahin unbekannten Autors, Vladimir Nabokov, verkauft, ist die Aufregung groß
und weitet sich zu einem Skandal aus ...

Penelope Fitzgerald, Die Buchhandlung. Roman. Aus dem
Englischen von Christa Krüger. Mit einem Vorwort von David
Nicholls. insel taschenbuch 4346. 164 Seiten

NF 379/1/6.17

**Geschichten,
die Glücksgefühle auslösen**

Was macht uns glücklich? Glücklich macht, wenn wir der
schlechten Laune ein Schnippchen schlagen, dem Trübsinn
die lange Nase zeigen oder ein Unglück abwenden konnten.
Wenn wir plötzlich der Liebe begegnen – und die Liebe
bleibt. Wenn Freunde Freunde sind, wenn man sie am nö-
tigsten hat. Wenn Wildfremde einem lächelnd helfen. Wenn
man für Augenblicke in seine Kindheit und Jugend zurückkehren kann. Wenn auf einmal so ein Tag ist, an dem man
die ganze Welt umarmen könnte. Wenn das Wunder dann
doch passiert ...

*Genau hiervon – von den schönsten Momenten des Glücks – er-
zählen in diesen Geschichten:* Isabel Allende, Elizabeth von
Arnim, Jurek Becker, Peter Bichsel, Lily Brett, Eva Demski,
Max Frisch, Robert Gernhardt, Hermann Hesse, Alexander
Kluge, Cees Nooteboom, Amos Oz, Daniel Picouly und vie-
le andere.

Geschichten, die glücklich machen. Ausgewählt von Clara
Paul. insel taschenbuch 4296. 255 Seiten